Nación TV

NACIÓN TV

La novela de Televisa

Fabrizio Mejía Madrid

Nación TV.

Primera edición: mayo, 2013
Primera reimpresión: julio, 2013

D. R. © 2013, Fabrizio Mejía Madrid

D. R. © 2013, derechos de edición mundiales en lengua castellana:
Random House Mondadori, S. A. de C. V.
Av. Homero núm. 544, colonia Chapultepec Morales,
Delegación Miguel Hidalgo, C.P. 11570, México, D.F.

www.megustaleer.com.mx

Comentarios sobre la edición y el contenido de este libro a:
megustaleer@rhmx.com.mx

ISBN 978-607-311-644-2

Impreso en México / *Printed in Mexico*

Quien concentra las miradas concentra los sufragios.

RÉGIS DEBRAY, *El poder seductor*

Tu cara se me hace conocida / ¿Y qué se habrá hecho aquella muchacha tan guapa que salía en la serie que te gustaba tanto? La gran tradición televisiva es el olvido. Imagen eres y en sombra del control remoto te convertirás.

CARLOS MONSIVÁIS, *Imágenes de la tradición viva*

Los personajes y acontecimientos que se narran en esta novela pertenecen al territorio de la ficción. Están basados de manera distante en personajes reales. Cualquier parecido con la realidad es culpa de la realidad. Esto es una novela.

Basílica de Guadalupe

La noche del miércoles 11 de diciembre de 1996 una caravana de Televisa se desplaza por la Calzada de los Misterios. La policía abre paso entre los peregrinos que duermen a las afueras de la Basílica de la Virgen de Guadalupe. Las cantantes, los actores, los conductores de programas de concursos apenas miran a esa ralea de pobres que caminan año con año, desde hace siglos, entre polvaredas, sin comer, sin dormir, sólo para ir a pedirle milagros a la Virgen. Tapados apenas con sarapes, los niños sostenidos en rebozos, la multitud guadalupana que ha caminado durante semanas enteras para llegar al atrio y rezar durante segundos —se camina ante la imagen; los sacerdotes no permiten que nadie se detenga— ve, adormilada, cómo pasan las camionetas de Televisa, con sus vidrios polarizados. La multitud enciende fogatas, sahumadores, anafres. Adentro de las camionetas de Televisa hay calefacción. No se puede distinguir a la cantante Lucero haciendo gárgaras de vinagre con dos vasos para eliminar las flemas. Ella no repara en los miles que les abren paso a una indicación de las patrullas de la policía: hace poco se ha convertido a la religión del neomexicanismo que ve en la Virgen de Guadalupe una deidad volcánica que cuida el flujo de energía entre los chakras planetarios. Ella no cree en los milagros, sino en conectar la energía con el planeta. Por eso se viste de blanco. Su gurú le ha dicho que ése es el color de las energías que harán circular la era de Acuario por el canal de Panamá, desde los volcanes mexicanos hasta los Andes.

En otra camioneta va Raúl Velasco que, ahora, se considera más cerca del budismo y de lo que él llama la "yoga meditativa" que del guadalupanismo, pero que sabe que hay que asistir al espectáculo de la fe por televisión: Televisa ha ayudado a levantar la nueva basílica, así como en otro tiempo construyó el Estadio Azteca. Religión y futbol son las dos piernas de la televisión mexicana. El animador de Televisa ha hecho ayuno: no ha cenado. Se ha puesto caracoles alrededor del cuello, para "llevar algo indígena", como ha explicado a sus asistentes —su hijo— antes de subir al auto.

Arriba, en un helicóptero, el dueño de Televisa, Emilio Azcárraga Milmo, sólo ve una larga fila de peregrinos que se convierten en círculos cuyo centro es atravesado por sus camionetas. Un cuadro abstracto, como los que ha coleccionado obsesivamente una de sus esposas, Paula Cussi. Este año, *Las mañanitas a la Virgen* no pueden ser otro programa más de televisión. La fe está en riesgo y, con ella, Televisa. El propio abad de la Basílica, Guillermo Schulenburg, en el que tanto confió en otras décadas, enloqueció al decir, después de 33 años al frente de la abadía, que el indio que miró por primera vez a la Virgen de Guadalupe, Juan Diego, "no era una realidad, sino un símbolo". El Vaticano se trastornó con las declaraciones. Con ellas Schulenburg se oponía a la canonización del indio mexicano y destruía la mitad del mito guadalupano: que los milagros existen, que todo lo espiritual es, también, material. Que la Virgen era un enlace entre indios y poderosos. Tras recibir las quejas del Vaticano extendidas en mano por su enlace en Televisa, Aurelio Pérez, Azcárraga había montado en cólera y exhibido las supuestas propiedades del abad de la Basílica en sus noticieros: residencias de lujo, autos, casas de campo en la Toscana donde él mismo había comido, insinuaciones de que tenía hijos con varias mujeres.

—Pero tú tienes hijos con varias, yates, castillos, colecciones de pintura —le había criticado a Azcárraga un amigo muy cercano, si es que tenía alguno.

—Sí, pero yo no me digo santo.

Al final del linchamiento mediático, el Vaticano despidió a Schulenburg de la abadía, junto con Carlos Warnhotz, el arcipreste, al que le sacaron sus muebles, ropa, baúles, a la calle, después de 20 años de vivir en la casa sacerdotal.

Así que *Las mañanitas a la Virgen* no eran ese año un asunto de trámite, ni siquiera de creencia: muchos en Televisa ya no eran guadalupanos. El propio Emilio se había convertido a la cienciología. Sus culpas, llamadas por los cienciólogos "engramas", las había repetido frente a su "auditor" en Los Ángeles, California, una y otra vez, con un detector de mentiras atado al pulso, delante de una grabadora. Los cienciólogos sabían más de él que cualquiera de sus hijos y de sus esposas. Sabían, por ejemplo, lo del XB-PEX. Y sobre sus amantes, sobre sus vicios.

—Todos tenemos una nave espacial en nuestro pasado —lo había calmado una vez en Miami el actor John Travolta. Un mes después, Televisa hacía un programa para popularizar los pasos del "disco", *Fiebre de Sábado*, con el bailarín Fito Girón disfrazado de Travolta, para hacer de la película un fenómeno masivo en México.

Emilio creía en la cienciología, a la que sólo podían acceder los "upstat", los exitosos. Los demás, los pobres, tenían que trabajar de esclavos para conocer sus enseñanzas. No los guadalupanos, que tenían una religión de "jodidos", de himnos murmurados, de imágenes hechas con flores, conchas, hojas de maíz. Emilio despreciaba la idea de la resignación, de la espera —esperanza— de quedarse quieto hasta que el milagro sucediera. Él prefería ser tratado como un hombre exitoso, de acción, que lograba cada uno de sus cometidos, porque el éxito atrae el éxito. Eso se repetía en la dianética de Los Ángeles, California, ahora que le habían descubierto cáncer por segunda vez. El cáncer se sentía distinto desde el aire, dentro del helicóptero, desde arriba, viendo a esos peregrinos inmundos. Él no pedía un milagro. Lo merecía.

Para Emilio Azcárraga Milmo esta visita a la Basílica era una operación de emergencia. Bendecido el nuevo atrio por el arzobispo

Miguel Darío Miranda, la Virgen requería ahora un rescate televisivo, con nuevas canciones, en voz de las estrellas de mayor *rating,* y con el uso de los enlaces en vivo por satélite. No era, como en tiempos de su padre en la radio, una celebración en la que todo se reducía a una transmisión interferida donde, acaso, "los Pedros" —Infante y Vargas— entonaban *Las mañanitas* desde 1932 (año en que el gobierno amenazó con quitarles la concesión de radio por "no ser laicos"). No, esta vez lo que estaba en juego era la fe mexicana, tras un año de crisis económica, en la que incluso Televisa había estado a punto de ir a la quiebra. Emilio Azcárraga casi se persignó mientras el aparato bajaba en el helipuerto de la Basílica en cuya pista lo esperaba el cardenal Norberto Rivera. Dudó si esa visita a la Virgen pudiera granjearle un milagro. El cáncer de Emilio era incurable, cuestión de días, de meses, decían el doctor Borja y los médicos de Houston, su verdadera patria. Ni la cienciología, ni su dictador extraterrestre Xenu, ni la Virgen podían salvarlo. Con ese abandono a medias, Emilio bajó lentamente del helicóptero, tomándose de los barandales, ayudado por sus guardaespaldas. El arzobispo salió a saludarlo con los hábitos volando, sosteniéndose el solideo con una mano.

—Hola, pecador —lo saludó Emilio Azcárraga, gritando sobre el ruido de las aspas.

—Hola, diablo —reviró el arzobispo.

Ambos se sabían. Ambos ocultaban que se sabían. Ambos se otorgaban el perdón. Si lograban que el indio Juan Diego —el que vio a la Virgen de Guadalupe por primera vez— se convirtiera en santo, los dos harían millones. Al menos ésa era la idea. Se estrecharon la mano en el sobreentendido de que, para uno, esa misa iba a ser la reivindicación del poder de la Iglesia Católica Guadalupana y, para el otro, la reivindicación del poder de Televisa como creadora de mitos. Cuando entraron por la parte de atrás de la Basílica quedaron de frente al olor de los peregrinos, a mugre, polvo, fogatas y copal. Las radiaciones y las quimioterapias le habían desarrollado a Emilio el sentido del olfato. Las pestes de la Basílica le hicieron taparse la nariz. El arzobispo lo miró de reojo y se sonrió:

—Aquí están los jodidos para los que haces tu televisión.

—Por eso se las envío por satélite, cabrón, para no olerlos. Puta madre. ¿Qué no puedes poner un sistema de ventilación?

—Lo tenemos, pero la pobreza se adhiere.

Había dos pantallas planas, 10 cámaras, unidades satelitales; las cantantes ya estaban alineadas en orden de aparición; se hacían pruebas de audio, "sí, sí, dos, tres, cuatro, cinco, cinco, cinco". Emilio Azcárraga saludó con la cabeza al *floor manager* de la Basílica y, por primera vez en dos décadas de dianética, cerró los ojos y se persignó. Luego, hizo una indicación con los dedos:

—En cuatro, tres, dos… comenzamos.

* * *

Emilio nunca llegó a recibir el cadáver de su padre. Su viejo había muerto un sábado al cinco para las nueve de la mañana de 1972 en el Hospital Metodista de Houston, su tierra natal. Lo ocultaban, pero los Azcárraga no eran mexicanos, eran texanos, acaso el lugar más antimexicano del mundo, por las semejanzas, como todas las largas enemistades. Emilio recibió una llamada tempranera de su madre, Laura Milmo, desde Estados Unidos y por cobrar:

—Vamos con el cadáver de tu padre en un avión Braniff y llegaremos a la plataforma "olímpica" del aeropuerto. Cañedo consiguió que nos dieran trato de presidentes.

—Ahí estaré —aseguró Emilio.

Pero no llegó. Se dio vuelta en la cama y miró la curva que hacía bajo la sábana su cuarta esposa, *la Güera*. Ella misma se llamaba "Paula Cussi", a pesar de que, en verdad, la habían bautizado con el menos glamoroso Encarnación Presa Matute. Emilio todavía no se había divorciado de la hija del presidente de Celanese en México, Nadine Jean —a quien había conocido porque su compañía, Viscosa

17

Mexicana, cuenta de Edmundo Lasalle y Domingo Alessio Robles, se anunciaba en el programa *TV Revista*—, pero hacía trescientos sábados que no despertaba con ella, ni veía a su hijo. Emilio cerró los ojos y repasó lo que había planeado para ese momento, para el día en que, finalmente, su padre se muriera. Suspiró.

—¿Quién era? —preguntó, pastosa, Paula, que decía los horóscopos y el clima en los noticieros de la televisora de Azcárraga.

—El futuro —respondió Emilio—. Mi padre se murió, al fin.

Paula se volteó y lo abrazó. Él sintió una repulsión al olor de las pesadillas de la noche anterior, al maquillaje y las cremas para dormir, pero le murmuró sobre el cabello que olía a grasa y a acondicionador:

—Desde ahora tú y yo podremos vivir juntos. ¿Te gusta la casa de Shakespeare y Lafayette?

—No la conozco. ¿Es grande?

—Es el futuro.

El avión Braniff con el cadáver de Emilio Azcárraga Vidaurreta aterrizó en la plataforma que menos de cuatro años antes se había utilizado para recibir a los presidentes en la inauguración de la Olimpiada México 68. Eran casi las siete de la noche del 23 de septiembre de 1972. Llovía. Media hora después, dentro de los cadillacs de Guillermo Cañedo, iban el inventor de los mundiales de futbol, Alejandro Burillo en uno; en la limusina viajaban Laura Milmo, su hermana, y los Mascareñas lo hacían en un tercero. Llegaron a la casona embrujada de Reforma 1435 con el féretro. Adentro de la caja de caoba, el dueño de la radio mexicana y de la mayor televisora de América Latina yacía, cumplidos los 77 años, consumido por el cáncer. La caja iba ligera. Los choferes bajaron primero para guarecer al cortejo fúnebre con paraguas. Los zapatos de boutique, los italianos hechos a la medida, pisaron los charcos sobre la Avenida Reforma y se enfilaron detrás del féretro para hacer la primera guardia: Laura, su esposa; Amalia Gómez Zepeda, su secretaria durante 30 años; Alejandro Burillo y Eduardo Mascareñas, sus concuños. Nunca su hijo Emilio.

Cuando llegó el cadáver de su padre, Emilio estaba en la sala de televisión recordando un día en particular, 20 años atrás. Era otro sábado, el 12 de enero de 1952, y apenas tres horas antes había terminado la última de sus 103 despedidas de soltero. Se iba a casar por primera vez. Todas y cada una de las noches desde octubre del año anterior habían sido de borrachera, fiestas que empezaban en Madrid y terminaban en vomitadas en los canales de Venecia, despertares con los ojos emborronados que veían siluetas que abrían la puerta y se iban sin despedirse. La noche anterior había estado con el hijo del presidente, Miguel Alemán, de cabarets. Y se le hizo tarde para lo que tanto había insistido su padre, la inauguración de Televicentro, la primera Televisa, en Chapultepec 18:

—Es un día histórico, *Príncipe* —le dijo su padre por teléfono—. Llega puntual y sobrio, por favor.

Con el lazo del esmoquin desabrochado, greñudo y sin un zapato, llegó tarde, dando brinquitos para no ensuciarse el calcetín. Pero fue inevitable, terminó apoyando el pie sin zapato para abrirse paso entre la multitud que ya oía la bendición del arzobispo Luis María Martínez:

—La televisión mexicana está llamada a ser punto de unión de la familia y de México en la fe.

Su padre, enorme, calvo, desde atrás del podio lo miró llegar desorientado. Le dirigió una de sus miradas de rabia y desprecio. Estaban distanciados desde siempre, pero más desde que Emilio había decidido dejar la Academia Culver, en Indiana, para casarse con Gina. No era buen estudiante. Sólo había aprobado Biblia, equitación y, por si fuera poco, en español no había obtenido 10. Como buen texano, Emilio había aprendido del castellano sólo los insultos. La discusión sobre dejar la Academia Culver, donde se disciplinaba a los hijos de los ricos latinoamericanos, terminó casi a golpes entre el padre y el hijo. Emilio le gritó:

—Pero si el papá de Gina lo conoció a usted cuando contrabandeaban juntos oro hacia Estados Unidos. Él me lo contó.

—Shondube era un vil ladrón de joyas que entraba a las haciendas aprovechando el caos de la Revolución.

—¿Y usted no?

El padre tomó el cenicero de pie recubierto con latón y se lo aventó a Emilio. Él lo esquivó con un brazo y el cristal cortado terminó por estrellarse contra el ventanal de la sala que daba al jardín. El vidrio fue reparado en menos de una hora, pero padre e hijo tardaron meses en hablarse de nuevo. Y, para colmo de males, en la inauguración formal del edificio que albergaría a la televisión mexicana, en Chapultepec 18, Emilio llegaba desorientado y sin un zapato. Era el lanzamiento del gran proyecto de su padre, una televisión para las amas de casa que comprarían lo que se les anunciara: electrodomésticos, colchones, café soluble y jabones. Una televisión para vender. Era la obra de la vida de su padre, que había comenzado al enlazar a los artistas del cine con la radio, en la XEW, y terminaba ahora, enlazando las voces con la imagen, en la televisión. Ante los periodistas, los fotógrafos, los mirones, su padre había sentenciado la particular importancia de su flamante televisora:

—La radio es mi esposa: para ella, nada. La tele es mi amante: para ella, todo. Hasta lo que no me pida.

Hubo risas. Era 1952.

Al verlo llegar sin un zapato, a Emilio le hicieron un hueco en el podio. Saludó a su padre con un gesto de la cabeza que le hizo caer sobre la cara el copete, encanecido prematuramente. Su padre se acercó a decirle algo al oído. Emilio lo recordaría por siempre:

—Hoy no dejaste de ser *el Príncipe* —susurró su padre con ese tono texano con el que aprendió a hablar el castellano—. Sólo pasaste a ser *el Príncipe idiota*.

Su padre le clavó la mirada. Él sólo pudo responderle con los ojos rojos y nublados. Emilio supo ese día que su padre no le confiaría jamás ni las radiodifusoras ni la televisión.

Veinte años después, con el cadáver de su padre velándose en la sala atestada de cantantes, actrices, cómicos, locutores, publicistas y políticos, Emilio se sentó a pensar viendo las fotografías en las paredes de la sala de televisión de su padre: delante de su primera automotriz, dentro de su tienda de fonógrafos, delante de la XEW, flanqueado por Pedro Vargas y Agustín Lara, dándole la mano a Miguel Alemán en un "Día de la Libertad de Expresión". Recordó entonces aquella frase de su padre: "Vender cosas no te hace rico. Yo vendí el aire y veme". Sus ojos de príncipe recorrieron las fotos y no se ubicó en ninguna. Su padre había mandado quitar alguna donde él estaba, de niño, jugando en la arena de Acapulco. Poco a poco, su padre lo había ido eliminando de sus orgullos.

Emilio recordó, sentado en la sala junto a donde velaban a su padre, a otro cuerpo: el de su primera esposa, Gina Shondube, por la que se había salido de la Academia Culver y de casa de su padre. Después de ella hubo esposas, jamás amores. Él le decía a Gina *Pato,* por la forma en que su boca se jalaba con todo y nariz hacia un pico. La había conocido en unas vacaciones de Semana Santa en México y, simplemente, ya no regresó a la academia de latinoamericanos jugando a ser gringos. Todo lo demás fueron preparativos para la boda y 103 despedidas de soltero. Se casaron por la iglesia en el santuario de Regina y, a pesar de que Emilio le pidió a su padre que con su poder en la radio consiguiera a Pedro Infante, sólo le llevaron a María Luisa Carvajal para que cantara el *Ave María.* De hecho, su padre se negó a ser testigo de la boda. Emilio no lo necesitaba: los testigos eran el presidente de México, Miguel Alemán; su secretario de Hacienda, Ramón Beteta, y Tomás Braniff, hijo de quien había dicho durante la Revolución: "Madero quiere que voten hasta las masas ignorantes, personas que ni siquiera saben que son mexicanas". Pero ahora, en 1952 los *juniors* de la Revolución estaban en su boda en la iglesia de Regina: el llamado Club 22, todos réplicas de los nombres del padre, pero con el Jr. atrás, en una sucesión de la monarquía del dinero heredado: Othón Vélez Jr., Miguel Alemán Jr., Gabriel Alarcón Jr., Emilio Azcárraga Jr., Rómulo O'Farrill Jr. Él entró del brazo de su madre, Laura Milmo, y ella, Gina, la novia, con su padre, el alemán Heine Shondube, que solía robar haciendas abandonadas durante la Revolución para vender el oro, la plata y las joyas en Estados Unidos. Pero antes de que entraran, una paloma negra se metió a la iglesia, chocó contra el altar, justo donde se alza la Reina del Cielo, se cayó al suelo, dio unos pasos y se desplomó.

La riqueza tiene mucho de agandalle pero también de azar. Los poderosos suelen ser supersticiosos, y esa paloma inmóvil en el altar los hizo santiguarse a todos. Un monaguillo retiró la paloma muerta y entraron los novios.

Cuando, tras la ceremonia, Emilio y su padre se abrazaron, éste le avisó:

—A ver cómo le haces para mantenerla, porque no te voy a dar nada.

Ser rico y no tener la ayuda de tu padre es muy distinto a ser pobre. Con el hijo del presidente Alemán, Emilio comenzó una compañía de venta de publicidad que aprovechaba la fuerza de la XEW: si compras publicidad en nuestra televisora, nuestras estaciones de radio te hacen un descuento para anunciarte. Trabajaban en el día traficando con influencias entre la radio, la televisión y la Presidencia de la República, y por las noches se iban de farra a los cabarets de San Juan de Letrán. De mañana, crudos, eran integrantes del Club 22, los hijos de los 22 que movían el poder, el dinero y las influencias en México, y de noche se liaban en besos ahogados con *escorts,* meseras y putas en apartados —como el de El Quid, propiedad de quien se convertiría en uno de los productores de telenovelas, Ernesto Alonso— reservados, que estaban arriba de donde los demás bailaban al ritmo de orquestas y artistas que la XEW había inventado.

—Yo hago a los cantantes de América Latina —había dicho su padre— por una simple razón.

—¿Para que sean los mejores? —preguntó un reportero.

—No, para que sean los únicos.

Peleado con su padre, en los ocho meses posteriores a su boda, Emilio llegaba de madrugada a casa de Heine y Aurora Shondube para encontrar a Gina, su *Pato,* aletargada, tirada en una cama empapada en sudor. Recordó aquellos ataques en los que los brazos y piernas de su esposa se movían sin control, el cuello jalándole la mandíbula, los ojos en blanco, la espuma por la boca. Ella, tan bella, tan grácil, se convertía en un robot destartalado de un segundo a otro y había que correr a meterle un pañuelo en la boca para que no se mordiera la lengua. Emilio se horrorizaba con esos ataques y se quedaba petrificado, mientras su suegra corría con el pañuelo listo. *Pato* sólo vivió ocho meses de casada y embarazada. Fueron tan pocos que Emilio y ella nunca alcanzaron a salir de la casa de los suegros, en la calle de Lamartine. Más rápido que su embarazo creció el tumor en la cabeza de *Pato* y un día de septiembre de 1952 ella y el bebé se desvanecieron. Lo que el padre de Emilio le dijo por teléfono fue:

—Ay, *Príncipe,* ni siquiera sabes escoger a una mujer sin defectos de fábrica.

Tras sepultar a su *Pato,* Emilio se fue de borrachera; es decir, meses sin saber en qué ciudad europea se despertaba, aunque siempre con Miguel Alemán Jr. Fue éste quien una noche en Le Petit Noailles, en Pigall, le avisó:

—¿Supiste que tu papá nombró a tu cuñado como administrador general de Televicentro?

—¿Cuál cuñado? —gritó Emilio, entre la música y las conversaciones de las putas sentadas en las piernas de los de la mesa de junto.

—¿Cuál va a ser? Fernando.

Él ya sabía que su padre no lo tenía a él contemplado como heredero de su epopeya televisiva. Eso quería decir *Príncipe idiota.* Que se hubiera decidido por Fernando Diez Barroso, casado con su hermana la grande, Laura, no le sorprendió mucho: después de todo, era hijo del primer contador titulado de México. Su padre no creía al hijo capaz de administrar una empresa, ni de escoger una esposa, ni de estar a tiempo en ningún lugar. Eso ya lo sabía. Detrás de sus lentes oscuros, Emilio sólo le bufó PFFFF a Miguel Alemán Jr. y se sirvió más champaña. GLUGLUGLU.

Callados, entre el escándalo de la música y los zumbidos de la borrachera y todavía los estragos de la visita al fumadero de opio en Pigalle, Emilio reunió la fuerza para preguntarle a Miguel Alemán Jr.:

—¿Ahora quién se anda picando a Rosita Arenas?

Alemán esbozó una sonrisa:

—Mi papá no me dejó casarme con ella.

—Pásamela. Yo me caso con ella —aventuró Emilio.

Pero dos semanas después, Emilio se estaba defendiendo de la decisión de casarse con una actriz. Desde una silla. Era una silla que medía dos metros y a la que se subía mediante una escalera. El padre de Emilio la había mandado construir así, con unas indicaciones precisas en el papel cuadriculado de un memorándum dirigido al taller de carpintería de Televicentro. El taller era dirigido en esos años por Avelino Artís-Gener, *Tizner,* un caricaturista que había llegado con Luis de Llano Palmer con heridas de la guerra civil española, y había pasado por la compañía de publicidad Grand Advertising. A Artís-Gener le faltaba el ojo izquierdo. Le decían *Tizner* porque le encantaba decir que lo suyo era "hacer tiznaderas". Cuando recibió la orden de construir una silla de seis metros, se subió el parche del ojo para tratar de leer mejor, según él: era su forma de denotar alarma. Y levantó la silla descomunal con madera de encinos y clavos. Le adjuntó una escalera, que no venía en el dibujo, para que los acusados treparan a la silla como si escalaran al patíbulo.

Si el padre de Emilio te ordenaba ir a la silla, significaba que te iban a regañar: subías la escalera, te sentabas con la mirada hacia la pared, el dueño de la televisión mexicana pateaba la escalera, y no había forma de bajarse de ella, a menos que saltaras. Era un banquillo de los acusados en el que no veías a quien te increpaba, sino que sólo lo escuchabas como a Dios. Emilio oyó esto con la cara hacia la pared, que estaba rematada por una luz de foro de televisión que le daba justo en los ojos:

—Te prohíbo que escojas a tus esposas —le dijo su padre—. La primera, defectuosa, hija loca de un ratero. Ahora la actriz Rosita Arenas, que es una perdida que ha pasado por las armas de todos nosotros. En estos momentos parece que tiene un romance con Pedro Infante y Luis Aguilar, al mismo tiempo. Los dos al mismo tiempo, *Príncipe.* "A toda máquina."

—Seré el cuarto en el trío, entonces.

—*Príncipe:* un Azcárraga no puede desposar a una mujer que atenta contra la moral, un deshecho, una dañada, una piruja. Necesitas enmendar tus decisiones.

—La dejo —respondió Emilio—, pero ¿a cambio de qué?

—¿Qué quieres? Dinero lo tienes, mientras obedezcas. No voy a permitir que tu vida sea un basurero.

—Dame un puesto en Televicentro como el que le diste a Fernando.

El padre lo meditó un instante. Emilio sintió la dureza de su asiento de encino, miró hacia abajo a su propia sombra, pequeña: hasta la luz del despacho estaba diseñada para hacerte sentir menos, "ninguneado", esa palabra tan mexicana.

—Le vas a ayudar a Luis de Llano a programar. A ver si aprendes al menos eso. Pero dame una garantía de que no verás más a la Rosita Arenas.

—No te lo puedo prometer. Ahora mismo está filmando con Clavillazo. Sé dónde está el set.

—El chiste, *Príncipe,* no es que sepas; es que no puedas llegar a él —concluyó su padre y lo bajó de la silla.

Fue por eso que a Emilio lo mandaron a San Sebastián, en el entonces lúgubre país vasco franquista; para que meditara sobre su conducta y "rehiciera su vida", que hasta ese instante era, según su padre, un total fracaso. Emilio, sentado ahora en el funeral paterno, recordó cómo, en el Palacio de Ayete, lugar de veraneo del dictador Francisco Franco, conoció a una esposa al gusto de su patrón. Quince años después, Franco condecoraría a su padre por el apoyo que su televisora le había prestado en tecnología y por abrir a la dictadura española a América Latina. Miembro del Opus Dei, su padre admiraba al fascista español por restablecer la Gracia de Dios en España y eliminar a los diabólicos comunistas. Así que, cuando el Generalísimo veraneaba en San Sebastián, cualquier Azcárraga era siempre bienvenido. Emilio recordaba la escena como un cuento de hadas, de teleteatro en blanco y negro: Franco lo saludó con un apretón de manos a la orilla del lago artificial, y desde atrás de su espalda, de su capa roja, apareció una mujer con aire distraído. Era rubia y llevaba un cigarro apagado en una boquilla plateada. Parecía desprotegida. Emilio esculcó las bolsas de su esmoquin; encontró un encendedor y se apresuró a poner la llama en la punta del cigarro. La rubia se llamaba Pamela Surmont. Dentro del palacio de Franco, le gustó cómo ella jugaba a columpiar el candelabro de cristal cortado en el centro de la sala. Se atrevía a hacerlo porque podía, porque era una aristócrata. Y justo era lo que Emilio necesitaba: una mujer de sangre azul para complacer a su padre y para borrar a su *Pato.* Regresó con ella y se casaron. Emilio entró a trabajar a programación, en la televisora. Pero sabía que el heredero de su padre no era él, sino su cuñado, Fernando Diez Barroso, esposo de su hermana Laura.

Veinte años después, sentado en el cuarto de televisión de Reforma 1435, Emilio miró las fotos que su padre muerto había conservado en las paredes. Afuera, llegaban al funeral los reporteros, las cámaras de televisión, los políticos. Ahí estaba todavía la foto de su padre abrazado por Fernando Diez Barroso y Donald MacKenzie, el encargado de América Latina de la National Broadcast Corporation, la NBC. Emilio recordó cómo Fernando Diez Barroso comenzó a llamarlo *Príncipe,* con una sonrisita de lado. Seguro su padre le había contado lo del *Príncipe idiota*. Emilio se molestaba con él, pero prefería la táctica de rehuirlo en los pasillos. ¿Qué tanto sabía de él su propio cuñado? La duda lo hacía odiarlo y temerlo a la vez. Pero debía tratar con él para que le autorizara el dinero para un nuevo programa de concursos, el pago a una cantante o la hechura de una escenografía. Matarlo a golpes hubiera sido contraproducente. Así que esperó. Oyó a su cuñado repetir hasta el cansancio:

—Aprendan de Valentín Pimstein —siempre les decía a él y a Luis de Llano Palmer—: hace sus telenovelas con cero pesos. Usa siempre la misma casa y le va dando vuelta a los muebles. Y, además, el chilenito usa el "apuntador". Ya no gastamos en ensayitos pendejos. Es más: para ser actriz ya ni siquiera tienes que leer los libretos. Sólo tienes que estar buena. Después de desvestirlas, las vistes, las maquillas, y repiten lo que se les diga al oído. Nos encanta que repitan lo que les decimos.

—No siempre —reaccionaba Emilio.

—A lo mejor a ti te gusta que digan diálogos "artísticos" de Luis Buñuel. A mí no.

Una de las indiscreciones de Fernando Diez Barroso había sido comentarle a su padre que Emilio se veía con Silvia Pinal —actriz de Luis Buñuel por obra de su novio, Gustavo Alatriste— en un departamento de la Plaza Río de Janeiro. Le había dado un dato que avergonzó a Emilio:

—Me dicen que a Silvia Pinal le dices como a Gina: *Pato*. ¿Estás loco?

—No, señor —le respondió Emilio a su padre—. Es que tiene la misma trompa. Así —y Emilio sacó los labios y los juntó con su nariz.

—Serás tarado. Prohibida la Pinal, *Príncipe*. Es una mujer divorciada con una hija. Ésas no son más que para un rato, ¿me entendiste?

—¿Y quién le contó a usted, padre?

—Tus facturas en restoranes, hoteles, boutiques.

A Fernando Diez Barroso tenía que verlo en las comidas en casa de su padre cuando llegaba en calidad de esposo de su hermana Laura. Pero ni en familia cambiaba su actitud: le dirigía a Emilio miradas de desprecio, sabiéndose heredero del emporio televisivo. Fue en una de esas comidas de domingo en casa de su padre que Emilio les avisó a todos que construiría un estadio de futbol.

—¿Y tú qué sabes de eso? —dijo Fernando Diez Barroso sin dejar de mirar su plato de *barbecue,* es decir, carne asada con cátsup.

—Imagínese, padre —lo evitó Emilio—: un estadio construido para la televisión. Lo de menos será el futbol. La transmisión lo será todo.

—Estamos hablando de futbol soccer, ¿verdad? —dudó su padre, que era texano.

—Sí, del Mundial de Futbol para México. Un estadio para 100 mil espectadores diseñado para que se transmita por televisión, con espacios para comentaristas y cámaras.

—¿Y cómo vas a financiar eso? —dijo el cuñado Diez Barroso acomodándose la corbata.

—Con los Garza Sada de Monterrey. ¿Qué venden? Cerveza. ¿Qué consume la gente viendo futbol? Cerveza. No tiene pierde.

—¿Y dónde estaría el estadio?

—Guillermo Zamacona, Alemán y yo ya hablamos con el regente de la ciudad, el tal Uruchurtu. Piensa desalojar Santa Úrsula para construirlo.

—¿Dónde queda esa Úrsula? —preguntó su madre, Laura Milmo.

—Pues quién sabe —se rió entre dientes Emilio—, pero ya es nuestra.

Emilio esperaba que su padre se interesara en el proyecto del Estadio Azteca, pero no logró entusiasmarlo. Fernando Diez Barroso se levantó a la mitad de la explicación para encender un puro, pero tuvo problemas para prenderlo.

—Otra de las ideas de Zamacona es hacer encendedores desechables —murmuró Emilio, pero ya nadie lo estaba escuchando.

—Por cierto —dijo el padre con un dejo de burla—, me he enterado de que la parte de arriba del cabaret de Ernesto Alonso, ¿cómo es que se llama, *Príncipe*?

—El Quid.

—Ése. Que la parte de arriba, pasada la media noche, es para maricones. Le llaman el Club América.

Emilio quiso levantarse de la mesa. Alemán y él habían estado varias veces en el Club, pero su padre se burlaba del equipo de futbol que él había comprado, el América. Pamela Surmont se dio cuenta y cambió la conversación hacia las anécdotas de sus hijas. Se sonrieron sin dejar de fingir. Las cosas entre ella y Emilio no iban bien. Él se había enterado de que lo engañaba con Gustavo Olguín, amigo de la familia, con quien —decía— se iban a "cazar patos" a Acapulco. Lo de los "patos" era, por supuesto, una alusión, no muy sutil, a la forma en que Emilio se refería a sus otras mujeres. Ella había enviado a un detective a la Plaza Río de Janeiro para fotografiarlo con la hija del dueño de Celanese, una tal Nadine Jean, una francesa de cuello largo y arracadas, 20 años menor.

—¿Y a ésta también le dices *Pato*? —le dijo, aventándole las fotos un día sobre la mesa del comedor en Lomas Altas.

—No —respondió Emilio—. Le digo *Pilú*. Y tú, ¿has cazado muchos *patos* últimamente?

Pero todo era un juego de damas chinas que se resolvería con dinero, propiedades, acciones. Así que mientras se entablaban los juicios, las explicaciones legales, los alegatos sofistas, Pamela Surmont y Emilio seguían juntos en las comidas familiares. La naturalidad francesa para la infidelidad y la evasión mexicana para esconderla debajo de la alfombra se sentaban juntas a esa mesa tomadas de la mano cuando el momento lo exigía.

Emilio no pudo más que garabatear una sonrisa cuando pensó en aquella noche en que, cada quien en su recámara, Pamela bebía tequila leyendo una novela, mientras que Emilio ya iba por su sexto vodka viendo la televisión, NBC, no el Canal 2 de Telesistema. A él le gustaba la programación gringa y, a veces, la británica. La televisión que hacía Televicentro de México era "para negros", como él mismo la calificaba. En eso estaban cuando, a lo lejos, abajo, empezaron a oír un barullo, muebles arrastrándose. Los dos bajaron en pijamas y desde la escalera miraron cómo la servidumbre, el mayordomo, la criada, los choferes, forcejeaban con unos trabajadores en camisetas. Pamela pensó: "¿Así serán los asaltos en México?" Y Emilio supo de qué se trataba: los estaban embargando por no haberle pagado al banco de Monterrey, a los Garza Sada. El Estadio Azteca estaba saliendo en el triple de lo prometido por el arquitecto Pedro Ramírez Vázquez. Y Emilio había recibido las notificaciones de embargo, pero no había respondido. Ese embargo era la forma en que los cerveceros Garza Sada le daban a entender que estaban hartos de que no les pagara. Y ese embargo era, también, la forma que Emilio tenía de involucrar a su padre en la construcción del Estadio Azteca. Le marcó. Eran las cinco de la mañana:

—Padre, me están embargando la casa de Lomas Altas. No tengo con qué pagar, dile a Fernando que asuma la deuda del Estadio Azteca por parte de Televicentro.

Emilio colgó casi en una victoria: su padre obligaría a Fernando Diez Barroso a responder con su televisora al estadio de futbol. Una sensación de entusiasmo le vibró en la garganta hacia su barbilla partida. Bajaron a dar "mordidas" para evitar que se llevaran los muebles de la casa de Lomas Altas. Emilio vio por un momento a Pamela negociando sobornos con el actuario, hablando con los cargadores, agitando billetes que acababan prensados en los cinturones de éstos, y pensó en la primera vez que la había visto, con su cigarro en una boquilla perpendicular como extensión de sus largos dedos. Su aire aristocrático no se iba ni en una situación como ésta. Y en eso sonó el teléfono:

—Perdón que te hable a tu casa a esta hora —dijo la voz de Nadine Jean—. Ya sé que no te gusta.

—¿Qué pasa? —susurró Emilio—. Estoy a punto de que me embarguen la casa.

—Creo que estoy embarazada.

Siete años después, Emilio está sentado en la sala de televisión de su padre muerto y se talla la cara con ambas manos. Su mente regresa al presente, al funeral en el que se congregan fotógrafos de prensa, cantantes, actrices, cómicos, lectores de noticias, edecanes, políticos. Alguien toca la puerta de la sala de tele. Emilio se levanta y abre. Es Bernardo Garza Sada, de los cerveceros de Monterrey:

—Es tiempo de terminar con todas nuestras deudas, Emilio.

—Pa' luego es tarde. Aquí mismo.

Atrás del cervecero está el presidente de la República, Luis Echeverría

—¿Cómo estás, Emilio?

—Dispuesto a hacer un principio, presidente.

—No vayamos más lejos. Si tú, Garza Sada y O'Farrill hacen una sola televisora, la Patria se los agradecerá.

—Para eso estamos —le responde Emilio al presidente.

—Terminemos pronto con todo esto, Emilio —responde Echeverría—. Al rato tengo una función de cine en mi casa.

—¿Qué proyectas? —tercia O'Farrill, dueño del canal 8 de televisión, competencia de Televicentro del padre de Emilio, que también estaba ahí.

—Una que prohibí, de Pasolini —dice Echeverría—. Si quieren, la vemos y después negociamos una fusión de canales de televisión. Sería perfecto.

—No, presidente —le responde Emilio—. No hay mejor lugar que aquí. Un funeral debe tener algo de nuevo para no ser inútil.

Y Luis Echeverría, Garza Sada, Rómulo O'Farril y Azcárraga Milmo se acomodan en la sala y cierran la puerta tras ellos. Desde la guardia en torno al féretro, su hermana Laura mira la entrada del presidente de la República y observa a la secretaria de su padre durante 30 años, Amalia Gómez Zepeda, acomodarse los enormes lentes de armazón negro. Sus miradas se cruzan sin gestos y ambas

31

ven la puerta cerrarse, en medio de los rezos. Laura, la hermana mayor que consentía a Emilio de niño, ahora le tiene desconfianza.

Con los ojos cerrados, en la Basílica de Guadalupe, Emilio piensa en las distancias con su hermana Laura. Todo cambió el sábado 13 de noviembre de 1965. Su padre, Emilio Azcárraga Vidaurreta, había organizado en Acapulco una fiesta para el jefe en América Latina de la NBC, Donald MacKenzie, y su esposa, que duraría todo el fin de semana. Fernando Diez Barroso, el marido de Laura, seguro heredero del emporio televisivo, los acompañaría en el avión privado de Telesistema Mexicano, un bombardero B-26 de la segunda Guerra Mundial, arreglado con motores de DC-6. Emilio, *el Príncipe Idiota,* tenía que subirse a ese avión a las 12:30 de ese sábado, pero no llegó, como ya era su costumbre. Un día antes, cabalgando con su amante Nadine Jean en el Club Hípico Francés, se cayó del caballo y se luxó la pierna derecha.

Esa noche de 1972 Laura no deja de sospechar de esa coincidencia, ocurrida siete años antes. Como tampoco puede olvidar los rumores de que alguien vio a su hermano Emilio conversando en los pasillos de Chapultepec 18, Televicentro, con el mecánico del avión, Misael Robles, el jueves. Dicen que se hablaban al oído, inclinándose uno sobre el otro. Emilio tenía la mano derecha sobre la clavícula de Misael en un gesto extraño: él nunca tocaba a los empleados ni se dejaba tocar por ellos, salvo que fueran actrices y tuvieran pico de pato. Eso es lo que Laura escuchó: el jueves Emilio tocaba al mecánico chato, se secreteaba con el mecánico del avión de la televisora; el viernes se caía de un caballo y se disculpaba de asistir a la fiesta en Acapulco en honor de los directivos de la NBC.

El avión despegó sin Emilio, pero sí con el marido de Laura, Fernando Diez Barroso, director de finanzas de Telesistema Mexicano, seguro heredero del emporio televisivo. El avión despegó sin Emilio, pero sí con Rómulo O'Farrill Ávila, director, a sus 23 años, de Prensa y Publicidad de Telesistema Mexicano. El avión despegó con el matrimonio MacKenzie, Donald y Marcia, y Hubbard Gayles, asesor de la NBC. El avión despegó sin Emilio, y de pronto, mientras ganaba altura, se desplomó sobre el lodo del lago de Texcoco, apenas a cinco kilómetros del hangar del aeropuerto de la ciudad de México. Falló el motor derecho. Simplemente se quemó, apenas despegar. El avión, con la matrícula XB-PEX, derrapó sobre el lago y se le peló el fuselaje de la panza, desde la cabina hasta la cola. El esposo de Laura, el seguro heredero de la televisora, murió ahogado en el lodo. También la señora MacKenzie. También Rómulo O'Farrill III. Ni un rasguño sufrieron el capitán, Alberto Zárate, ni el copiloto, José Mendecoa. En eso pensaba Laura mientras veía la puerta cerrándose con el presidente Echeverría, su hermano Emilio, y los descendientes de los Garza Sada y los O'Farrill adentro. Pensaba en otro velorio, el de su esposo, apenas a unas cuadras de éste, en Avenida Reforma 1830, la noche del sábado 13 de noviembre de 1965. Debido a los rumores, Laura comenzó a ver a su hermano chico, Emilio, con desconfianza. Un día de 1966 Laura hubiera querido una charla con su hermano, largamente imaginada:

—¿Por qué no te subiste en el avión en el que murió mi Fernando? Ahogado en lodo, Emilio. En barro.

—Será porque era Diez "Barroso" —se burlaría Emilio.

—Te vi hablando con el piloto.

—Hablamos de futbol. ¿De qué otra cosa?

—Qué casualidad que te caíste un día antes del caballo.

—Mira, desde entonces no puedo apoyar bien la pierna derecha. Yo pagué ese día. Fernando, Rómulo y el gringo pagaron al día siguiente. Así es la vida. En todo caso, tú fuiste la beneficiaria: te quedaste con sus acciones. Y tú tampoco ibas en ese avión, hermanita.

Lo cierto es que con la muerte de Fernando Diez Barroso el padre empezó a ver a su hijo, al *Príncipe idiota,* no como fácil heredero, sino como alguien que era capaz de todo para serlo. Eso no hizo más que aumentar la tensión familiar. Resultó que Nadine Jean le dio el único nieto varón. El abuelo se negó a ir al bautizo. Llegó, en cambio, Guillermo Cañedo, el del futbol, el del Estadio Azteca.

—No te necesito —le dijo Emilio a su padre cuando éste le preguntó por el nieto.

Y a ojos de Laura su hermanito Emilio se había endurecido, mordido por una fe en su propia omnipotencia, atribuible sólo a sus lazos con los poderosos. Apenas seis meses después del accidente del avión, el presidente Díaz Ordaz lo había nombrado "asesor en radio y televisión" y, tras la matanza del 2 de octubre de 1968, Emilio presumía una caja fuerte en su despacho:

—Aquí están los "güevos" del presidente —y sonreía satisfecho.

La leyenda creada por él mismo contaba que en esa bóveda se guardaban las filmaciones en 16 milímetros de lo sucedido en la matanza de estudiantes en Tlatelolco. Como en cientos de sucesos, los reporteros de Televisa hacían su trabajo, pero sus notas no eran transmitidas sino almacenadas en aquella bóveda de los chantajes.

Las relaciones con Díaz Ordaz y Echeverría le servían a Emilio para fortalecerse dentro de la empresa de su padre. Sobre todo cuando se trataba de proyectos que no tenían su respaldo. Por ejemplo, la inauguración del Estadio Azteca, construcción que casi le cuesta la camisa a Telesistema Mexicano y que enemistó a los cerveceros Garza Sada de Monterrey con los Azcárraga. Ahí, a la inauguración del Estadio Azteca, el 29 de mayo de 1966, Emilio y el presidente Gustavo Díaz Ordaz fueron recibidos con rechiflas porque habían llegado con dos horas de retraso. El noticiero de la televisión celebró el inicio del Estadio Azteca —empate a dos entre el América y el Torino—, y jamás dijo que eso había estado a punto de convertirse en un motín de aficionados al futbol del que los poderosos, los que nada sabían de ese deporte de pobres, escaparon en helicóptero.

Lo que se veía en pantalla era un noticiero nuevo, *24 horas,* cuyo conductor, Jacobo Zabludovsky, llevaba unos enormes audífonos en la cabeza y tenía un teléfono rojo al lado. Por el teléfono podían hablarle el presidente de la República o el entonces secretario de Gobernación, Luis Echeverría. Por los audífonos, los dos Emilios. Las cuatro fuerzas casi siempre estaban del mismo lado, pero mantenían en jaque al conductor. De haber estado algún día en desacuerdo, ¿a cuál hubiera obedecido el lector de noticias?

Nunca había sido el dinero lo que movía a su hermano Emilio. Eran las mujeres, los viajes. Pero a partir del accidente era el poder. Un día, por ejemplo, iba a visitar a Madrid a los dueños de la revista *Teleguía,* los hermanos Carlos y Rafael Martínez Amador. Entre calamares y vino (Emilio era más de hamburguesas y *sundaes* de chocolate), les ofreció:

—Lo que quieran por su revista de televisión.

—No está a la venta. Es nuestra y seguirá así por mucho tiempo —respondió Carlos Amador sirviéndose más de la botella de Rioja.

Y al mes siguiente los hermanos Amador estaban al teléfono con el secretario de Gobernación de Echeverría, Mario Moya Palencia, quien controlaba el papel para hacer periódicos y revistas en todo México:

—Usted nos quitó el papel, licenciado. No se vale.

—No fui yo. Arréglense con Emilio.

Y los Amador acabaron vendiendo *Teleguía* por menos de la mitad de lo que Emilio había ofrecido.

Así que Laura miró la puerta cerrarse detrás del presidente Echeverría, con Rómulo O'Farrill, que había perdido a su hijo en el accidente aéreo, y Bernardo Garza Sada en representación de los cerveceros de Monterrey enojados por la falta de pagos en el asunto del Estadio Azteca. Sin que Laura lo pudiera ver, adentro de la sala de televisión, al lado de la habitación del féretro, al lado del velorio con los rezos y los llantos de María Félix y Cantinflas, al lado del cadáver del padre, Emilio repartió los mandos de la televisora:

—A usted, don Luis —se dirigió al presidente Echeverría—, le dejo el control de los noticieros. A nosotros nos interesa entretener, no angustiar.

El presidente Echeverría había definido unos meses antes su idea de los medios de comunicación mexicanos así: "Quiero tratar con una sola televisora, no con dos, ni con tres. Arreglen sus desacuerdos y tendremos un acuerdo. Lo cuerdo es el acuerdo". Se creía un hombre de frases célebres.

—A ustedes —les dijo Emilio a los Garza Sada— les dejo todo lo que suceda en los foros de San Ángel, las telenovelas, que se les dan tan bien los regiomontanos —eran los estudios de Canal 8, antes usados por Jorge Stahl en el revelado de películas de cine.

Esa noche, al lado del cadáver de su padre, Emilio le dejó a O'Farrill la presidencia del Consejo y él se quedó con las acciones y la presidencia de lo que, a partir de ese día, sería el monopolio de la televisión mexicana.

—¿Cómo nos vamos a llamar? —preguntó O'Farrill.

—Televisión Vía Satélite —respondió Emilio, un fanático de los viajes al espacio, los extraterrestres, las estrellas.

—¿Tele-Vía-Sate? —escribió el presidente Echeverría en la servilleta que había debajo de su vaso con agua.

Sin que Laura, viuda de Diez Barroso, lo supiera, ahí adentro, ese 23 de septiembre de 1972 se fundó Televisa.

De eso se acordaba Emilio, más de 20 años después, con un cáncer imbatible, tapándose la nariz de los olores persistentes de los peregrinos en la Basílica de Guadalupe, aquella madrugada de 1996. Emilio cerró los ojos.

—¿Algo de lo que pedir perdón, *Tigre*? —le preguntó el arzobispo Norberto Rivera.

—No lo necesito —le respondió Emilio.

No había que pedir perdón ni por el accidente del avión, el XB-PEX, ni por negociar en el funeral de su padre la creación de Televisa, ni por su hermana Laura, ni por tantas ex mujeres a las que había lastimado. Abrió los ojos. Vio la imagen de la Virgen. Escuchó la voz de Lucero: "Son tus ojos dos luceros". Vio a la muchedumbre hedionda pasar delante de la imagen guadalupana persignándose. Al arzobispo maquillándose para salir en las pantallas para dictar la homilía. Y se miró las manos llenas de pecas —flores de panteón, las llamaban— y temblorosas. Había resuelto su duda: de la propia vida nunca hay que pedir perdón.

***

Raúl Velasco, el conductor del programa kilométrico de los domingos, ha ido por órdenes de Emilio Azcárraga Milmo:

—Me vale madres si crees o no en la Virgen. No se trata de tus mariconadas de vestirte de blanco y meditar en "flor de elote". Ésta es una emergencia nacional. No podemos permitir que el senil de Schulenburg se burle de nosotros. La Basílica es Televisa, como lo es el Estadio Azteca. Raúl, vas porque vas. Si Juan Diego no existió, habría que inventarlo.

Velasco no cree en la Virgen de Guadalupe, sino en Carmelo García Morales, del Valle de Santiago en Guanajuato. Él y la ex amante de Azcárraga, Lucía Méndez —los dos son guanajuatenses—, han visto cómo las vibraciones de sus cuerpos hacen crecer betabeles gigantes que pesan 20, 25 kilos. Raúl cree en Sasi Vellupillai, que, a pesar del nombre, no es una crema depiladora, sino el director del Human Potential Development en Hawái, quien con sólo tocarle la muñeca al cantante español Julio Iglesias lo curó del cáncer. El mismo Raúl Velasco, en 1980, se salvó de un infarto que le había sido anunciado por una adivinadora de cartas en un hotel. La misma que le había anunciado que se iba a casar por segunda vez. Velasco no es de milagros que tardan trescientos años en realizarse. Es del aquí y del ahora, como cada domingo en su programa de televisión. Para él, ya todo es un milagro instantáneo que sucede con la energía de su cuerpo. Los indios kikapús de Coahuila le pusieron un penacho, le regalaron el bastón de mando y lo nombraron Gran Jefe. Reconocieron en él no al conductor de un programa de televisión, sino a un ser extraordinario, su energía, su capacidad de generar salvación. No, Velasco no cree en la Virgen. Cree en él mismo. Hace y deshace estrellas de la televisión con sólo un toque, un gesto o un comentario:

—Tú no triunfarás porque eres muy naco —le dijo una vez a un cantante, Joan Sebastian—. Tú la verdad eres demasiado vulgar —siguió con la vedette Laura León—. ¿Quién quiere un payaso *hippie*? —el payaso Cepillín—. Juan Gabriel será famoso sólo entre los maricones. Este país es de hombres.

Velasco cree que todos sus cantantes deberían ser la aspiración fenotípica de una raza demeritada por el mestizaje:

—Por favor: rubias, delgadas, con la piel perfecta. Si son castañas, con los ojos claros. Y con cintura, hermanos. Para ver prietas gordas, no necesitan prender la tele. Sólo salgan a la calle. O vean las filas de las que quieren entrar a mi programa.

Dentro de la Basílica le toca en la fila de los conductores de programas cómicos, de concursos, de noticieros. La acomodadora le sonríe una vez que lo sienta. Es una chica morena con algo de acné. Le recuerda a alguien cuyo solo recuerdo siempre lo hace ruborizarse y sudar. Han pasado muchos años desde el episodio, pero todavía siente un escalofrío que le sube por las vértebras. Muchas veces trató de buscarla y saber qué había sido de su vida, pero jamás la encontró. Se esfumó como tantas otras. Un fantasma más.

* * *

El domingo 26 de septiembre de 1982 una adolescente sube a la azotea de una casa en Polanco. La persiguen un chofer, un secretario particular y una monja. Pero no la alcanzan. La muchacha se sube a la cornisa y amenaza con matarse. Hace un intento por equilibrarse y su zapato de tacón se resbala. Hay segundos de silencio. No, no cae al abismo. Luego, se reanudan los exhortos a que se baje, le dicen que todo va a estar bien, que confíe en la Virgen, en Dios, en la vida. La muchacha exige la presencia de su padrino. La monja, la madre Adela de La Casa de la Paz, trae una frazada abierta para recibir a la chica en sus brazos, como un torero agitando su capote contra un toro que no embiste. Sobre la orilla, la chica tiembla, grita, agita las manos sobre su cabeza como si espantara unas abejas invisibles. En ese instante piensa que lo mejor sería arrojarse al vacío. Se sienta sobre la cornisa y va bajando el cuerpo al aire, al vacío, a la nada, al abismo. Sólo la fuerza de sus brazos hace ya contacto con la tierra.

Tres meses antes la adolescente había llegado sola a la ciudad de México. Al bajarse en la estación del norte vio miles de luces y pensó que eran velas encendidas sólo para ella. Estaba tan segura de que sería una estrella de la televisión, que no dudó en tomar un taxi:

—A Televisa.

—¿San Ángel o Chapultepec?

—¿Hay dos? ¿Dónde pasan *Siempre en Domingo*?

El taxista la observó por el retrovisor: su ropa de florecitas, gastada, pegada al cuerpo; los ojos expectantes, la cara angulosa, el cabello echado al lado de la cabeza. Ajustó el espejo para verle los pechos. Apretó los dientes y manejó hasta Chapultepec 18. Ella se bajó del taxi muy segura:

—No traigo dinero, pero busque a mi padrino mañana y él le paga.

—¿Cuál padrino?

—Raúl Velasco.

Las filas de niñas a las afueras de Televisa ponían nervioso a Raúl Velasco. Venían desde pueblos perdidos, con lo puesto —casi siempre los uniformes de la secundaria—, sin comer, sin bañarse, todo para tener una oportunidad de cantar y bailar en *Siempre en Domingo,* el único programa de televisión en vivo de todo el fin de semana. A veces duraba siete horas. Los sueños de las niñas no eran ya tener agua o comida, ni estudiar, sino aparecer en la televisión. Cantaban en sus casas usando la manguera como micrófono y copiaban los bamboleos de Rocío Durcal, agotaban los tintes rubios para el cabello, sabiendo que, por decisión de los directivos de la televisión, la única morena a cuadro era la Virgen de Guadalupe. Raúl veía sus faldas, sus calcetas, sus zapatos lodosos de hebilla, y volteaba la mirada. Pero no con Ivonne, que se salió de la fila con los brazos abiertos:

39

—Padrino —lo abrazó.

Raúl la sintió tibia contra su cuerpo; su aliento a encierro, a silencio, a desierto, en su oreja. Su olor a sudor y ropa sucia de un largo viaje en camión.

—Yo no soy tu padrino. ¿Desde dónde vienes?

—De Nogales, padrino.

—¿Y qué haces? ¿Cantas, actúas, dices chistes?

—Lo que usted me diga, padrino. Soy una estrella de la televisión.

Raúl la alejó y se rió.

—Ah, qué caray.

Ivonne lo miró directo a los ojos y le dijo muy seria:

—Ay, padrino, nunca pensé que mi futuro llegara riéndose.

Ivonne-de-Nogales tenía 14 años en 1982, pero parecía de 20. En sus memorias, Raúl la recuerda de 12. Sin padres, vivía con su abuela, que la había sacado de la primaria por falta de dinero: llevaba a la escuela hojas de papel de estraza engrapadas en forma de cuaderno. Así que entró a trabajar como sirvienta en una casa que tenía dos objetos desconocidos: un teléfono y una televisión. La primera vez que oyó sonar una llamada corrió a esconderse. Luego, ya segura de que el aparato no hacía daño, aprendió que no tenía que gritar para que se escuchara muy lejos. Con la televisión tuvo su primer romance: veía la telenovela *Mundo de Juguete* (una niña de un internado de monjas mantenía una amistad secreta con una anciana a la que le decía "abuela") y supo qué eran los besos. Al principio sintió vergüenza, pero practicó en la palma de su mano, que quedaba toda ensalivada mientras ella cerraba los ojos. De esos placeres decidió que sería una estrella de la televisión, que conocería a un galán como Ricardo Blume o Pedro Damián y se besarían todo el día. En el jardín, barriendo los enredos de espinas que surcaban el desierto hasta la casa de su patrona, Ivonne-de-Nogales hablaba sola. Su día de descanso era el domingo, por lo que no fue en la televisión donde oyó por primera vez de Raúl Velasco. Según ella misma relató a la policía, fue en un cartel pegado en un poste de la avenida Ver Patria en el que leyó: "Si tienes entre seis y 15 años, ven a concursar en los nuevos valores de Bacardí, con el licenciado Raúl Velasco". Iba con una amiga, Adriana Corona, y le dijo:

—Vamos, loquilla, a lo mejor la péganos [sic] a la televisiór [sic]. Mira: este señor se ve muy gente, tú.

Ivonne habló con su abuela y ésta le dio 20 pesos para que se pagara el viaje desde la frontera con Arizona hasta la ciudad de México. Le dio la bendición, sabiendo que se deshacía de una carga que le había dejado su hija, y cerró los ojos como cuando se miente:

—Que logres todos tus sueños, m'hija.

Su amiga Adriana nunca llegó a la estación de autobuses. Y así fue como Ivonne llegó a la Terminal del Norte de la ciudad de México, sola, sin comer, sin bañarse, sin siquiera una muda de ropa, tomando un taxi gratis, a dormir en la banqueta de Televisa. Esperó, según le contó a la policía, día y medio para formarse en una fila en la que le pidieron que llenara un formulario: "Nombre". "Fecha de nacimiento." "Lugar de origen." "¿De qué club de fans eres miembro?" No traía lápiz porque, de todas formas, no sabía escribir más que su nombre. Se lo dijo a la secretaria encargada de los formularios y ésta le hizo una boca chueca:

—Tienen que traer sus cosas, niñas. Somos una televisora, no una papelería.

Así que Ivonne arrugó la hoja y se la comió. El estómago le hizo ruidos extraños. En cuanto vio a Raúl Velasco, el tipo del cartel, se salió de la fila para abrazarlo. Le dijo "padrino" por un instinto nacido cuando vio su foto: parecía un familiar, sonriente, de lentes, el cabello escaso. La familiaridad de la indistinción. Raúl Velasco se rió de su determinación.

—Nunca pensé que mi futuro llegara riéndose.

Raúl estaba justo en el lapso de la mañana en que el Equanil y las pastillas para dormir le dejaban de hacer el efecto contra la ansiedad y comenzaba el de la benzedrina para salir a hacer televisión: la lista de los cantantes del domingo, a los que rara vez se les pagaba:

41

—Tú me tendrías que pagar a mí —les decía Velasco a los agentes, a las disqueras—. Soy la única promoción gratis.

Así que se encontraba en un estado en el que sentía una relajación muscular con cierto nivel de atención que iniciaba con un zumbido en los oídos y la impresión de que, dentro de su cráneo, sonaban palomitas de maíz; cada vez que una de ellas estallaba, una parte de lo que veía se le revelaba con precisión. Por eso, cuando Ivonne se le arrojó a los brazos pudo sentir unos minutos de adormecimiento con un peso y una temperatura que no pertenecían a su cuerpo y otros segundos en los que los pómulos, las cejas negras, el cabello de la adolescente cayéndole sobre el dorso de la mano se hacían imprescindibles. Tuvo dos impulsos simultáneos: dejar caer a la muchacha o tomarla del brazo. No tuvo que decidir: Ivonne se le colgó del cuello. Y él entró a Televisa riéndose, sin saber de qué. Los policías lo miraron contento y no hicieron nada por separarlo de la chica. Las empleadas que repartían formularios siguieron con los ojos a los policías y así empezó todo.

Ivonne cruzó los pasillos de Televisa en cuyos bordes había jardines hechos de macetas que no eran latas, como las de su abuela en Nogales. Sintió el piso resbaloso debajo de sus zapatos de plástico rosa y el aire frío de lo que ella creyó que era un cambio de estación, pero que, en realidad, era aire acondicionado:

—Aquí están en invierno, padrino.

—¿Qué quieres? —le repetía Raúl Velasco con pequeñas descargas en el cráneo.

—Ser una estrella, ser una estrella de la televisión —le respondía, cada vez, Ivonne.

Oyéndola como debajo del agua, Raúl decidió depositarla en la oficina de Valentín Pimstein, que producía las telenovelas en San Ángel. Junto con O'Farrill, el chileno era famoso por sólo recibir mujeres en su oficina, a tal grado que, en varias ocasiones, los actores que querían tratar un asunto con él se disfrazaban de vedettes para poder pasar el cerco que ofrecían Martha Elba, secretaria de su secretaria, y Rosa Elena, su secretaria. Y cuando entraban veían la cara redonda de Valentín Pimstein, sus lentes de pasta de libélula, engolando la voz para decir su frase seductora:

—¿Qué me vas a dar a cambio de lo que te voy a prometer?

Pero el desconcierto secretarial fue tanto ante Raúl Velasco que llegaba con una chica colgada del cuello que, de pronto, ya estaban en la oficina de Pimstein. Con un gesto de la boca, Pimstein de pronto ya le estaba diciendo a Raúl:

—Todo mundo sabe que yo no contrato indias. Tráeme una rubia con una carita de ángel y te la hago estrella. Pero ¿ésta, Raúl? Llévatela a tus programas para totonacos.

—Pero mi padrino me dijo que voy a ser una estrella —alcanzó a reaccionar Ivonne.

—Pues dile a tu padrino que ahorita no tengo papeles para sirvientas.

Raúl Velasco no supo cuánto tiempo pasó hasta que pudo hablar de nuevo, ya instalado en su sillón de las calles de Palmas, con los recados telefónicos en las manos y una secretaria que le traía un café. Ivonne no paraba de hablar dando de vueltas, mirando las fotografías en las paredes, tomando una pluma, un sombrero, acariciando un kimono que estaba en el armario de su oficina, diciéndole "padrino". La miró con más lapsos de atención que de entumecimiento y le pareció que, bañada, bien vestida, maquillada y quizá teñida de rubia, podría ser la ayudante de un mago que en ese entonces había perdido a su acompañante por una sobredosis de Válium. Era alta, delgada, con los pómulos salidos, como los indios yaquis. Marcó la extensión de su secretaria:

—A la señorita que va a salir de mi oficina consígale un hotel barato por el centro.

Cuando Ivonne finalmente fue convencida de salir de la oficina, Raúl Velasco le preguntó otra vez su nombre y su edad.

—¿Cuántos? —le repitió la pregunta a la chica que se hacía llamar Ivonne-de-Nogales.

Y ella le contestó.

Esa tarde, en el consultorio de Gregorio Valner, su psicoanalista, Raúl se torcía las manos con ansiedad. Era hasta que salía de la terapia que empezaba a tomarse los Equaniles con vodka. El vodka era la bebida de Televisa por dos razones. La de siempre: no olía. Y la peculiar: era el trago preferido del jefe Emilio Azcárraga. El vodka se usaba por la boca, inyectado, en supositorio. En ese año, 1982, las telenovelas, los concursos, los "programas de chistes" se hacían entre mezclas de la Stolishnaya de Rusia y la cocaína que entraba por Puerto Vallarta directo desde Colombia. Los que salían "a cuadro" estaban casi siempre en un balance entre ambas. "Ajustarse" era el término para bajar el alcohol con cocaína y estabilizarse con coñac. Los camarógrafos, los de las luces, los cables, el del máster, sólo usaban café balanceado con el trance de mal comer. Pero la conducción del programa de los domingos Raúl Velasco la seguía haciendo como cuando trabajaba haciendo notas de Cantinflas para la revista *Cine Mundial:* una mezcla de pastillas de benzedrina para estar alerta y de Equanil para relajarse. Esa tarde del 13 de julio de 1982, Raúl ya no estaba compensado, acostado en un diván en Naucalpan, preocupado por los cuentos de hadas, su infancia en Guanajuato, sus padres.

—¿Qué pasó hoy, Raúl? —le preguntó el terapeuta.

A Raúl Velasco se le empalmaron dos imágenes: los pechos de Ivonne, perfectos en cada mano, cayendo apenas, y la cara de la Virgen de Guadalupe. La Basílica nueva de la virgencita estaba siendo construida por Televisa, por el mismo arquitecto, Pedro Ramírez Vázquez, que había hecho el Estadio Azteca y el logotipo de la estación. El jefe Azcárraga había dado órdenes de que en *Siempre en Domingo* y en el noticiero *24 Horas* se promoviera la venta de los "bonos guadalupanos", so pena de castigo si no cumplían con unas cuotas previamente establecidas por la dirección de finanzas. La obra del ahora traidor obispo Guillermo Schulenburg llevaba ya más del doble de los 10 millones anunciados por el arquitecto, el mismo a quien el Estadio Azteca se le había triplicado en costos. El logo de Televisa lo había diseñado como un mundo con interferencia, un ojo pasado por las cuchillas de un rayador de cebollas.

A pesar de que lo anunciaba cada domingo, su programa no había vendido ni un "bono guadalupano". En el diván del psicoanálisis, Raúl vio el rostro de la Virgen empalmado en el cuerpo de Ivonne. Estaba presionado por ambas cosas: tener que vender "criptas de preventa" en la Basílica de Guadalupe y haber permitido que Ivonne-de-Nogales entrara en su vida como una amante: en un cuarto de hotel pagado por Televisa. No pudo contar ninguno de los dos problemas que lo asfixiaban esa tarde. Sólo dijo:

—Quiero tocarle los pechos a una virgen indígena.

En la página 121 de su autobiografía, *Mi rostro oculto,* Raúl Velasco relató así esa tarde: "Consulté con mi amigo, el doctor Valner, y su recomendación fue contundente:

"—No se te vaya a ocurrir meterte con una adolescente, porque esa edad es la más difícil, y hasta puedes meterte en un lío judicial."

Cuando Ivonne entró en el Hotel Avión de La Merced no entendió por qué las mujeres hacían fila en la banqueta. Pensó, con cierto regocijo, que en México (así llamaban a la ciudad los que venían del interior) todo mundo vivía haciendo colas. Tampoco entendió cuando pasó un letrero hecho a mano que decía: "25 centavos la noche. No rentamos por hora". Al primer gemido en el cuarto de al lado se estremeció. Sin saber por qué, ese lamento, ese rechinido de resortes, ese pegar de madera en la pared le dieron miedo. Pero unos minutos después, el cansancio de los casi 1 800 kilómetros entre Nogales y "México" y el mariposeo de haber entrado a la televisión le compensaron el ánimo. El *claqueteo* de junto, como de chanclas de plástico contra un piso recién lavado, la arrulló.

Raúl Velasco salió de la terapia con taquicardia. Sin agua, se tragó dos Equaniles y le pidió al chofer que lo llevara a Rubén Darío, su casa en Polanco. Se miró en el reflejo de los vidrios polarizados de su Impala. ¿Qué le había atraído de Ivonne-de-Nogales? ¿Y qué podría verle a él, de 39 años, una niña de 14? Catorce. ¿O 12? Tocarla sería un delito. Besarla, quizá no. Pero ¿podría besarla sin tocarla? A la virgen morena no se le tocaba, sólo se le rezaba. Ella, con sus manos juntas, jamás miraba sino a un lado, con los ojos muertos, soñolientos, del desdén; mientras que la mirada refulgente de Ivonne-de-Nogales lo retaba. ¿A qué lo incitaba? El efecto del Equanil le calmó el temblor de las manos. Quizás a cumplir con la leyenda que él mismo se había inventado, según la cual, de una familia pobre, sin carisma, ni un talento especial, había alcanzado el *prime-time* de los domingos en la televisión. La autoficción que se había creado era el mensaje: cualquiera puede salir en la pantalla. Y tenías a las cientos de niñas que venían a las puertas del castillo a solicitar audiencia con el rey de la nimiedad. ¿O acaso el mensaje que había dado desde sus primeras apariciones en Canal 8, antes de Televisa, venía ahora a atormentarlo? Lo perseguía una cómica que se disfrazaba como las indias que pedían limosna, la India María, de San José de Los Burros. Una cómica a la que había conocido en el Teatro Blanquita y que se disfrazaba de indígena mazahua, tal como lo hacía la esposa del presidente de la República, Luis Echeverría. La cómica estaba casada con un ruso; pero, a cuadro, esta India María trataba siempre de seducirlo, al güero, al rubio, al adinerado, al poderoso, al que compra. Ése era él para millones de mexicanos, el güero que se resistía a los embates eróticos de las indias, y ahora las filas para solicitar una audición eran de puras criadas. Quizás estaba pagando eso, pero Ivonne era una mujer espigada, como india yaqui del desierto, con los ojos negros del vacío a ambos lados del cráneo, como los venados. Nada que ver con la cómica de 34 años que lo perseguía por los pasillos del auditorio repleto de gente sin dientes, mal peinada, mal vestida, que iba a ver a sus cantantes de moda los domingos. Catorce años. ¿O 12? Sería un delito. Pero, claro, él era Raúl Velasco. Era rubio. Nunca había sido pobre. Su primer trabajo había sido en la refinería de Salamanca, Guanajuato, porque su hermano mayor, Daniel, era el tesorero del gobierno

46

del estado; hasta que el 2 de enero de 1946, el gobernador Ernesto Hidalgo ordenó la matanza de unos opositores en León y fue tal la masacre que tuvo que pedir licencia. Como Ivonne con el tema del "padrino", Raúl también había usado la idea de que la esposa del presidente Alemán, Beatriz Velasco, era "sobrina" de su padre. Al menos eso decía y le había funcionado. Su padre: cuando él tenía 15, ya se le hundían sus 75 años en un bastón que lo sostenía. Pero el "Velasco" había funcionado. Acaso por eso le daba tanta curiosidad Ivonne-de-Nogales: porque era un poco como él, tratando de trepar como fuera hacia una cima. Y ésa era la pantalla de televisión. Salir a cuadro. Hacer y deshacer en vivo. Esa euforia. Esa angustia.

Los Equaniles se asentaron. El chofer abrió la puerta de su casa en Polanco. Dolly —su esposa era una alemana casi albina, Dorle Klokow— no estaba a la vista. La perra bóxer lo saludó con un salto a la entrepierna.

—¿Quién la quiere, Candy?

La acarició, sonriéndole. La perra no sabía que ese día su dueño tenía a una menor de edad en el Hotel Avión de La Merced y una vida en juego con una alemana rubia en la colonia Polanco. La idea no le asustó ni a él ni a la perra. Se sirvió un vodka y pensó en traer a Ivonne como sirvienta de la casa. Tenerla cerca, a la vista, como sólo se puede tener a la Virgen de Guadalupe: sólo cuando la ves, existe.

Delante del comedor con su carpetitas hechas a gancho para que los fruteros de plata no rayaran la caoba, Raúl reflexionó un instante en por qué existían las Ivonnes-de-Nogales que se agolpaban como hordas de bárbaras a las afueras del castillo de la modernidad, la televisión. Los domingos no había otro programa que ver más que el suyo: las amas de casa planchaban viéndolo; los padres de familia, con el aturdimiento de las cervezas de la comida, cabeceaban viéndolo casi en transparencias; los niños por todo el país atendían a cada canción pegajosa, a sus chistes mal contados, a los errores disfrazados de frescura. Raúl Velasco había emprendido una gira, al estilo de una campaña electoral, por todo el país, en busca del folclor del campo, de las artesanías, de "lo mágico de México". Era un programa que pagaban los gobiernos de los estados para promover el turismo. Como casi todo en Televisa, salía gratis. Y había conocido a muchas niñas al alcance de su mano, que le coqueteaban debajo de los rebozos, que mordían y pasaban la lengua sobre sus collares de crucifijo, que agitaban sus pestañas como alas de colibrí. Raúl lo sabía: él era "el güero" que hacía la broma de dejarse seducir por un personaje que él mismo había inventado en la televisión, en Canal 8, antes de la fusión del monopolio de Televisa: la India María. Caricatura de las mujeres indígenas, de su forma de hablar y vestir, de su resignación, la India María había impactado a las niñas que le coqueteaban a Raúl cuando visitaba los estados de la República Mexicana. Él había provocado esas reacciones de deseo hacia un hombre que se veía a sí mismo como un "calvito con lentes al que le tiembla la voz", pero que en los pueblos de México era "el güerito". Esa idea le daba vueltas y vueltas en la cabeza, y cuando quería pensar en otra cosa le volvía como una mosca contra una ventana. El Equanil y el vodka lo ponían así de reiterativo. Daba vueltas y más vueltas. Imposible salirse del aro hasta quedarse dormido.

Raúl pensó obsesivamente en Ivonne-de-Nogales. Podría llevarla a su casa como criada ahora que era su "padrino" y, de vez en cuando, tomarla por detrás en su cuarto de la azotea. Ofrecerle algún lugar, de vez en cuando, en la televisión: atrás, de relleno, moviendo la boca sin que se escuchara parlamento alguno, sin su acento norteño de analfabeta, sólo con sus tetas y su cintura de florero. Su mujer alemana, Dorle, no tenía por qué enterarse. Después de todo, su matrimonio estaba sellado por las estrellas. En 1970, Ananka, una adivinadora del Tarot en el lobby de Hotel Fiesta Americana había interpretado un arcano mayor, La Sacerdotisa, así:

—Conocerás a un regalo de Dios.

Y dos años después, en un coctel de los periodistas de cine en Monterrey, conocería a su alemana, a Dorle, cuyo nombre quería decir justo eso: "regalo de Dios". Al menos eso le dijo ella. Y había llevado a los tres hijos de su primer matrimonio con Hortensia Ruiz a vivir con la alemana, con la que tendría otros dos hijos. Ahora traería a una criada-amante a rellenar una familia hecha, de por sí, de pedacería.

Raúl oyó el reloj de péndulo en el silencio de su casa en la calle de Rubén Darío y volvió a reiterar sus pensamientos: que su hermano mayor, Daniel, fuera el tesorero del gobernador de Guanajuato, Ernesto Hidalgo, hasta que la noche del 2 de enero de 1946 ambos tuvieran que renunciar por haber ordenado una matanza; que el sindicato petrolero le consiguiera un "huesito" porque su padre era primo de la esposa del presidente Alemán; que, por la borrachera que se cargaba el conductor Tony Carbajal en la Reseña de Cine de Acapulco, él hubiera salido por primera vez en televisión por Canal 8, de suplente; que Azcárraga quisiera copiar la idea de *Sábados de Bondad* de Argentina e inventara *Siempre en Domingo,* y que él buscara imitar la frase de Johnny Carson —"More to come"— y resultara en el "Aún hay más", la frase que recordaba, incluso, el dictador de Paraguay, Stroessner:

—Gracias, señor Velasco, por lo que hace por nuestro pueblo —dice el dictador según recuerda Velasco en sus memorias—. Tenemos mucho en común: yo soy como su PRI. "Aún hay más."

Su vida estaba llena de esas coincidencias que Raúl Velasco interpretaba como mágicas, como avisos de una divinidad de que él estaba en el mundo, en Televisa, los domingos, por una razón salvadora. Y la Ivonne-de-Nogales era su "aún hay una más". Levantó el teléfono blanco perla y mandó traerla a su casa.

Tres meses después desde ese mismo teléfono le llegó la noticia:

—Su ahijada Ivonne está en la azotea y dice que se va a tirar al vacío si usted no viene.

—Que la madre Adela se la lleve al orfelinato —reaccionó el conductor—. Si no quiere, ahorita mando a alguien con un calmante.

La noche anterior, los dos habían ido a ver la obra *Evita* en el Teatro Ferrocarrilero y habían terminado en El Marrakesh, un centro nocturno propiedad de Televisa. Raúl buscaba algo más que hacer con Ivonne que quitarle la ropa en una madrugada intoxicada: no cantaba, no actuaba y, además, tenía hongos en las uñas de los pies, por lo que no podía usar zapatos abiertos. Todos los días, Ivonne sumergía en vodka los dedos de los pies para combatir lo negruzco de sus uñas desportilladas, pero se tomaba más de lo que se enjuagaba. Luego se ponía los zapatos de tacón y caminaba como pollo espinado. Sus pies no estaban hechos para los tacones.

Dando traspiés, llegaron al centro nocturno, a una mesa donde estaba Humberto Navarro, un productor de Televisa. Navarro se disfrazaba de pollo en el programa cómico que él mismo producía, *La Carabina de Ambrosio,* y se hacía llamar a sí mismo *la Pájara Peggy.* El apodo había surgido de su capacidad para meterse pericazos en las noches en que los cargamentos llegaban a la televisora, supervisados por Sergio Roffe, su "asistente", en una casa en las playas de Puerto Vallarta. A cuadro, el ejecutivo de la televisora aparecía disfrazado de algo parecido a una gallina amarilla con lentes, con una faldita de cuadros, pegando brincos eufóricos como de porrista con un exceso de estimulantes. La clave para interpretar al personaje estrambótico de Navarro era su enorme nariz en forma de zanahoria. A su lado, en las madrugadas del Marrakesh, siempre estaban Víctor Yturbe, *el Pirulí,* un cantante romántico que quería parecerse a Leo Sayer, y Francisco Stanley, un cómico con papada. Entre los dos vaciaban los cargamentos en unas botellitas de perfume que se podían aspirar "con discreción". El productor Humberto Navarro justificaba este consumo como parte del trabajo:

—Estamos en los foros todo el santo día y en la noche todavía quieren que vayamos a premieres, cocteles, fiestas. La única forma de no dormir es con esto —le explicó un día al dueño de la televisora, Emilio Azcárraga, *el Tigre,* enseñándole una de las botellitas de 20 miligramos.

—Sáquenla de aquí y llévensela al Marrakesh, pendejos. Un día nos cae la policía y no le voy a pagar más a Chema, mi juez, de lo que de por sí, chingaos —explicó *el Tigre* en su español enrevesado. Azcárraga sabía que el consumo entre productores, actrices y cómicos se estaba convirtiendo en un problema: demasiadas operaciones de reconstrucción de tabiques nasales, hemorragias a la mitad de una grabación, inyecciones de cortisona (Celestone, administradas por el doctor González Parra) para "abrir la garganta" de las cantantes a las que la sangre se les agolpaba en las sienes.

Ivonne-de-Nogales todavía no llegaba a tener ninguno de estos problemas "laborales", porque aún no le habían cumplido ser una estrella; aspiraba por la nariz la idea de la televisión, de la celebridad, del talento. Mientras se la sentaban en las piernas productores, cantantes, locutores, ella siempre preguntaba:

—¿Y me va a dar un papel en una telenovela?

Todos le prometieron algo mientras le metían los dedos bajo la falda, se quitaban la ropa; pero a la mañana siguiente nadie la llamaba a ninguno de los foros por los que deambulaba, cruda, oliendo a baba, semen y sillones de antro.

La noche anterior al intento de suicidio en la azotea de Raúl Velasco, *el Pirulí* le pasó a Ivonne una copa de coñac:

—Para que te ajustes —le dijo.

Ivonne no era la única adolescente esa noche en El Marrakesh. Estaba también Judith Chávez, de 16, que salía de la amante de Juan Domingo Perón en la obra musical *Evita* y a la que todos llamaban *Gaviota*. El nombre le venía de uno de sus dos amantes, Augusto Marzagao, el psiquiatra brasileño del *Tigre,* quien le decía en portuñol "Gabí". El otro amante de *la Gaviota* era un joven tímido que producía canciones y cantantes para Televisa, Sergio Andrade. Pero él no frecuentaba El Marrakesh. Sólo a su mamá. En su recámara, Andrade se desnudaba con una o más adolescentes y tocaba canciones de su inspiración en una guitarra Gibson Le Sport. Su madre usaba tapones para los oídos.

Raúl vio cómo, despeinada y con la boca torcida, Ivonne-de-Nogales se fue esa madrugada de la mano de *la Gaviota* al reservado que tenían los Azcárraga, los O'Farrill, los Garza Sada, en el Valentino's. Era un privado dentro de la discoteca Marrakesh, mezcla de *Odisea 2001* de Kubrick y *Fiebre de sábado* de Travolta. Atrás de ellas iba *la Pájara Peggy*, gritando con la voz chillona de su personaje. A veces no podía dejar de ser el hombre disfrazado de pollo amarillo. Raúl lo detuvo por el brazo:

—No seas cabrón. Ofrécele al menos aparecer en uno de tus programas.

—Vamos viendo cómo se porta ahorita con los anunciantes —dijo *la Pájara Peggy*.

—Siempre es muy obediente.

—Con una oxigenada de pelo, a lo mejor —dijo *la Pájara Peggy* viéndola por detrás.

—Lo que me pasa —le dijo Velasco— es que la veo hermosa en las madrugadas, pero no a cuadro.

—Entonces habrá que intoxicar al público —le respondió *la Pájara Peggy*.

Y se internaron en un pasillo apenas iluminado en el que las alfombras de pared a pared olían a vómitos y sexo. Raúl los admiró hasta que el cómico Francisco Stanley le ofreció una de sus botellitas mágicas.

—Hoy sí pienso dormir —la rechazó Raúl y se fue.

Por su declaración a la policía, sabemos que Ivonne-de-Nogales terminó esa madrugada en la carretera a Puebla, en una finca llamada Viñedos Domecq. No pudo asegurar quién estaba en torno a una mesa donde había una chimenea sin encender: dijo que tuvo mucho frío y temblaba. Sólo refiere que se habló de "la dianética, la cienciología y cosas del espíritu, pero no católicas". *La Gaviota* tiene esta discusión con uno de sus amantes, el psiquiatra brasileño del *Tigre:*

—Nuestras cantantes nunca se casan —le dice en portuñol—. Lo que vendemos es la idea de que todas están disponibles.

—Pero todos ustedes son casados.

—Sí, pero nosotros no queremos ser famosos. Nosotros tenemos lo principal, *carihno,* el poder de hacer y deshacer estrellas.

Luego, los dos hablaron de una casa ideal en la que un tobogán de mármol fuera de la cama a la piscina, para despertarse y "surcar el vacío hasta el agua". De eso se acuerda Ivonne-de-Nogales con un pie en el vacío de la azotea. Según ella quizá vio al *Tigre* Azcárraga y a Lucía Méndez todavía con el cabello teñido de rojo —de su telenovela *La Colorina,* en la que interpretaba a una puta—, pero no puede asegurarlo. Por ahí seguían las botellitas de cristal, pero no *la Pájara Peggy,* que se perdió en el camino. Desde ese momento —4:30 de la madrugada, calcula el ministerio público— hasta que Ivonne-de-Nogales se despierta en su cuarto de la servidumbre en la casa de Rubén Darío de Raúl Velasco existe una "amnesia retrógrada" —así dice el informe—. La mordida que Ivonne tiene en el pómulo derecho, la cortada en el hombro izquierdo y "otras lesiones no graves en los órganos genitales" no parecen tener una explicación.

A punto de tirarse al vacío a la siguiente mañana, Ivonne reacciona ante la madre Adela y su frazada protectora. Se deja, no sin forcejeos en la orilla de la cornisa, tapar por ella. En cuanto sus zapatos de tacón han caído a tierra, el chofer de su "padrino", Agustín Granados, la toma con fuerza y le administra un trapo mojado en formol. Ivonne se desmaya en sus brazos.

Varias horas después, Raúl Velasco recibe una llamada por cobrar desde Nogales, Sonora. Es su ayudante, Agustín Granados:

—Jefe —le dice con la garganta apretada—, estoy en la cárcel. Dentro del avión la niña despertó y me acusó de violación y secuestro.

Raúl se comunica con el gobernador de Sonora:

—Es Ocaña. Pero ¿cuál es su primer nombre? —le pregunta a su secretaria.

—Samuel, licenciado.

Lo más común para Televisa era pedir estos favores a los gobernadores de los estados, a los que mantenía contentos con *México,*

Magia y Encuentro. En 1981, el propio Raúl Velasco había pedido la intervención del gobernador de Nuevo León, Alfonso Martínez Domínguez, para "calmar" a una Señorita México. El 20 de junio, en el Teatro Minskoff de Nueva York, Raúl Velasco había dicho en vivo que la "mejor Miss Universo" no sería la mexicana, sino la venezolana. Se le había escapado el comentario, como era costumbre con la bencedrina, pero nunca calculó que la Señorita México fuera a armar un escándalo, acusando al concurso de estar arreglado, cosa que, la verdad, todo mundo ya sabía. Armada de cándida indignación, la modelo organizó una caravana de camiones desde la frontera norte hasta la capital para ir a protestar hasta Televisa. Pero su camión fue detenido durante el trayecto y ella fue obligada a firmar un contrato de "confidencialidad" por el gobernador Martínez Domínguez, quien había organizado al grupo paramilitar del presidente Echeverría, Los Halcones, en 1971. Martínez Domínguez había tratado a una Señorita México como había tratado a los estudiantes de oposición: bajo amenaza, la hizo firmar una retractación.

Así que, cuando Raúl Velasco pidió la intervención del gobernador de Sonora para que liberaran de la prisión a su chofer-ayudante, Agustín Granados, pidió también que no se publicitaran los dichos de Ivonne-de-Nogales en su fugaz y fallido paso a ser una estrella de la televisión.

—Es una muchachita muy fantasiosa —le dijo Raúl Velasco al gobernador de Sonora—. Le va a contar una telenovela de Televisa. ¿O a quién le va a creer, mi góber: a mí o a una niña cuyo verdadero nombre ni sabemos?

No existe una sola escena de un programa de televisión que retrate a Ivonne-de-Nogales. Quizás apareció en alguno, pero la tradición de Televisa es borrar su propia historia y dejar sólo el halo de los fantasmas: sobre cada videotape se grabaron decenas de transmisiones, una encima de la otra, para ahorrar. En la única foto que se conserva de Ivonne-de-Nogales, la del archivo policiaco de Sonora, la vemos con la cara mordida —un círculo amoratado en el pómulo izquierdo—, despeinada en su corte de cabello de inicios de los ochenta y descalza. Su vestido de florecitas está roto del hombro izquierdo, donde tiene una cortada tapada con un parche blanco, una curación del médico legista, quien aseguró que tenía "rastros de psicotrópicos y sangre en la orina". Las uñas de sus pies, sus hongos, desafortunadamente, no se alcanzan a apreciar. Cuando se le preguntó su "estado civil" ella respondió: "huérfana". El policía lo tachó para poner debajo, con letra parsimoniosa, "soltera". Cuando se le preguntó a qué se dedicaba, ella declaró, por supuesto: "estrella de televisión".

* * *

Quizá la habían traído entre las ropas los peregrinos a la Basílica, quizás había llegado hasta ahí después de arrastrarse desde un jardín. Quién sabe, pensó Pérez y encendió un cigarro. La nueva ley decía que los fumadores no podían encender sus cigarros en lugares cerrados como las iglesias, pero él era Pérez. *El Villamelón*, desde las primeras transmisiones de los toros por la televisión. Caló el cigarro y pensó en otras suplicantes.

El 17 de diciembre de 1979 unas madres enlutadas, indignadas, dolientes, llegan a Televisa. Sus hijos han desaparecido. Cargan consigo fotografías que se adhieren a los rebozos, a los vestidos negros, con seguros para pañal. Sus hijos están ausentes. Un día fueron detenidos por hombres que no eran ni policías ni militares. Los presidentes Echeverría y López Portillo han decretado sus ausencias. Los hijos desaparecidos son estudiantes, sindicalistas, guerrilleros, militantes de oposición. La televisión no trata el tema de los ausentes. No se sabe de ellos más que en las huelgas de hambre que hacen sus madres delante de la catedral metropolitana. Las protestas no son transmitidas por la televisión. Desde esos días lo testimonial no es televisable. Y hasta ahí, hasta las banquetas de Chapultepec 18, llegan las señoras para pedir que los noticieros hablen de sus casos, de cómo se evaporaron, de cómo ya no aparecen, sus historias, sus denuncias que suenan a rosario: "Mi hijo llamado tal, que estudiaba en tal, fue desaparecido en esta fecha y le exigimos al presidente que nos haga justicia, que nos diga dónde lo tiene la policía secreta".

Aurelio Pérez, el encargado de atender el trato de Televisa con el Ejército y la Iglesia católica, sale a encararlas. Escucha a la dirigente, Rosario Ibarra de Piedra, hablar de los cientos de hijos, hermanos, amigos desaparecidos. Él se peina con la mano zurda y dice:

—¿Para qué se hacen pendejas? Sus desaparecidos están ya muertos. Vayan a los panteones a encontrarlos. A nosotros qué chingados nos dicen.

Mientras camina por el pasillo hacia la oficina de Jacobo Zabludovsky, director de los noticieros de Televisa, Pérez sabe que ha cumplido. Desde 1969, el presidente Díaz Ordaz inauguró la idea de un noticiero de televisión que fuera vocero de las oficinas de gobierno. Primero con el nombre de *Nescafé,* el patrocinador que pulverizaba en polvo instantáneo los granos hongueados que no podían comercializarse, y luego como *24 Horas,* las noticias eran las del presidente. La noche del 2 de octubre de 1968 Televisa requisó todos los metros de película en 16 mm que sus reporteros tomaron de la matanza de estudiantes y los enlató. Y Emilio Azcárraga Milmo presumía de tenerlos en su caja fuerte. Díaz Ordaz dispuso de un hombre inamovible que decía las noticias: Jacobo Zabludovsky. Era la encarnación del Sistema: una esfinge sin profecía, un locutor que leía limpiamente los boletines del Señor Presidente cada noche, sin mover siquiera la boca. Un muñeco de ventrílocuo con un teléfono rojo en el escritorio con una única línea para el secretario de Gobernación y el presidente en turno, y unos enormes audífonos con los que no se comunicaba con el *floor manager* —el "apuntador", discreto dentro del oído, se había inventado en Televisa desde 1950—, sino con *el Tigre* Azcárraga. El 7 de octubre de 1978 el propio Emilio Azcárraga había sido nombrado "jefe de imagen" de las actividades del presidente López Portillo. El antecesor, Luis Echeverría, tenía en ese mismo puesto al socio y amigo de parrandas del *Tigre,* Miguel Alemán Velasco. López Portillo tendría como jefe de comunicación a Pedro Ramírez Vázquez, el arquitecto del Estadio Azteca y la Nueva Basílica de Guadalupe. En radio y televisión nombraría a Jaime Almeida, el supuesto experto en música mexicana de la televisora. Los noticieros de Televisa eran una invención de la presidencia del Partido. Eran lo mismo: un batidillo entre transmitir y ejercer el poder.

Así que Pérez sintió que había cumplido con su deber al insultar a las madres de los desaparecidos políticos a las puertas de Televisa. Pendejas. ¿A poco creían que sus hijos estaban vivos? ¿Y qué tenía que ver Televisa con eso? Si los desaparecieron, es porque algo malo andaban haciendo.

—Ya estuvo, Jacobo —le dijo Pérez a Zabludovsky cuando entró a su oficina.

—¿Se fueron?

—Nunca se van —respondió Pérez—. Son como los fantasmas: ahí estarán, aunque no existan.

Los fantasmas se le aparecían a Pérez. Los sintió llegar en una reunión en Chapultepec 18 en enero de 1985, ocho meses antes de que, con un terremoto, muriera gente aplastada por la antena de transmisión de la televisora. Los responsables de los noticieros: Zabludovsky, Guillermo Ochoa y Lolita Ayala, y los del entretenimiento: Raúl Velasco y Paco Stanley, esperaron durante dos horas la llegada del jefe Miguel Alemán Velasco. Éste entró pasado el mediodía acompañado del jefe de prensa del Partido, Juan Saldaña. Alemán no tuvo problemas para asegurar:

—Esta empresa es priísta. Si hay alguno de ustedes que no sea del PRI, que lo diga ahora y salga para jamás, óiganme: ja-más volverá a trabajar en la te-le-vi-sión.

La reunión en Televisa era para apoyar a los candidatos del Partido en Nuevo León, Chihuahua, Sonora y Guanajuato, donde crecía la oposición de derechas.

—Saturen todo: que no quede un segundo para la oposición. Ésos ya cuentan con los tiempos oficiales, pero de nosotros no tendrán ni un segundo —indicó Alemán Jr.

Y entonces les avisó que el coordinador de la campaña electoral del Partido en Nuevo León sería uno de los reporteros de Televisa, Félix Cortés Camarillo. A Pérez no le sonó mal. Después de todo, cuando Televisa se había fundado —en el funeral de Azcárraga Vidaurreta— se había decidido dejarle los noticieros a quien tuviera la presidencia de México. Era una oficina de prensa del Partido, sólo que con un gran alcance, que se iba haciendo de concesiones, repetidoras y muchas exenciones de impuestos. El acuerdo fluía —o eso creía Pérez en 1986— entre Televisa y el Partido: informo lo que tú me digas y, a cambio, me regalas las microondas, los usos del satélite, los impuestos. El apoyo siempre renovado de Miguel Alemán Velasco al presidente en turno no fue excepción con Miguel de la Madrid. Tampoco lo eran los fantasmas que no aparecían a cuadro: las madres enlutadas por sus hijos desaparecidos, los votantes que no contaban en los recuentos electorales, las opiniones que no aparecían en el noticiero que leía Zabludovsky, parcamente, cada noche.

Así había sido siempre. Pérez salió de la reunión en uno de los foros de Televisa y pensó en la primera vez que se transmitió un noticiero por televisión en México. Él había estado ahí. Ahora tenía 61 años y era el encargado de lidiar con las relaciones entre Televisa y la Iglesia católica. Entre Televisa y el Ejército. Entre Televisa y la Virgen de Guadalupe. Entre Televisa y el siempre inofensivo fantasma del golpe de Estado. Protegerlos era su trabajo. Católico recalcitrante, Pérez había ideado la cobertura en vivo de la visita del papa en 1979: de las lúcidas mentes de Televisa habían salido las millones de banderas amarillas y blancas con el escudo del poder del Vaticano. Pero también había estado en el primer noticiero. Encendió un cigarro y se quedó viendo una oruga peluda que se arrastraba, con parsimonia, por el pasillo de la Basílica Guadalupana.

Se deslizaba entre los peregrinos. "Quién sabe. Los designios de Dios son inescrutables", pensó Pérez y caló su cigarro Raleigh sin filtro.

El primer noticiero fue a las seis de la tarde del 26 de julio de 1950, en el piso 13 del edificio de la Lotería Nacional. Era el Canal 4, propiedad de los O'Farrill, que aguantarían 20 años independientes sólo para doblegarse cuando el presidente Echeverría los fusionara con la televisora de los Azcárraga. En el tiempo de esa primera transmisión, sólo había cuatro aparatos de televisión en el país: en la oficina del presidente Alemán, en la de su secretario de Comunicaciones y Transportes, en la agencia de autos de los O'Farrill —el dueño, Rómulo, había perdido un pie, atropellado por una motocicleta mientras trataba de cambiarle una llanta a su Packard— y en el piso 17 de la misma Lotería, desde donde el hijo del presidente Alemán editaba su revista *Voz*. Todo estaba listo para la primera transmisión, pero dos técnicos, Miranda, el de los cables, y Luyando, el de la cámara, se estaban peleando. Se empujaban, se metían el pie, se nalgueaban. Harto de las bromas, Miranda le hace el gesto del dedo medio a la cámara. Y es justo cuando están entrando al aire. Así que, pensó Pérez, los noticieros de televisión empezaron con un dedo obsceno hacia el auditorio. Tomen, ahí está su información. Tengan su libertad de expresión. Si la televisión mexicana pudiera, en vez de noticiero sólo proyectaría el gesto obsceno del dedo medio de Miranda, fuerte, bien apretado, moviéndose en señal de advertencia. Claro, también recordó: a Miranda lo corrieron de la televisora con una advertencia:

—Rómulo O'Farrill dice que si te encuentra va a matarte.

¿Qué se habrían hecho Luyando y Miranda? Desaparecidos. Para Pérez eso era sinónimo de muertos, de inexistentes. Lo que no sale a cuadro nunca existe.

El dedo medio era la norma en los noticieros y el huir después también. Eso lo supo Pérez cuando el candidato de Televisa en Chihuahua, el del Partido, Fernando Baeza, tuvo que hacer un fraude electoral en 1986 para ganar la gubernatura. Votaron por él cientos de miles de muertos. La oposición en Chihuahua tomó los puentes internacionales hacia Estados Unidos, su candidato empezó una huelga de hambre y llamó a anular la elección. Todos los días llegaban reportes e imágenes del motín en Chihuahua, pero Televisa ya tenía un Partido, así que optaron por no decir nada, ni una línea sobre el asunto. Las protestas se veían en la oficina de Zabludovsky como si fueran películas pornográficas: se repartían palomitas de maíz, bebidas, se aplaudían los discursos y las rebeliones de ciudadanos tirándose al piso para que la policía tuviera que cargar pesos muertos, y se decidía no pasarlas al aire.

—¿Para qué? Quien se opone al Partido es, de entrada, un anti-patriota: imagínense la oposición gobernando en un estado fronterizo. El fraude se hizo para defendernos de los gringos —sostenía Zabludovsky desde la comodidad de sus trajes negros y su cara impasible.

Pérez pensaba en los mártires católicos, pero no respondía nada. Ninguna crítica. Ninguna broma para aligerar el comentario. Televisa era acatar y resignarse. Los reporteros hacían sus notas de las protestas en las calles y se aguantaban cuando nunca eran transmitidas. Las actrices y los actores sabían que si participaban en una película de otra empresa que no fuera Televisa, entraban a una lista negra que los sacaba para siempre de la televisión. Eran los desaparecidos del aire, los fantasmas obligados a mendigar papeles de reparto en las televisoras de Miami, Italia, Argentina. Hasta la amante de Azcárraga, la grácil Lucía Méndez, habría de padecer ese desvanecimiento, esa evaporación. Sus ojos siempre abismados lo decían todo: vivía en la nube por estar con el dueño de la televisora. Un día dejaría de serlo y desaparecería por años. Como los desaparecidos políticos, también los ex trabajadores de Televisa eran sólo nombres en una lista.

Pero ese mediodía de 1986, Pérez no alcanzó a vislumbrar que Televisa y el Partido estaban en un aprieto. Jamás esperó que la oposición de derechas ganara la elección en Chihuahua y que el

Partido se viera obligado a hacer votar a los muertos. Tampoco alcanzó a atisbar que derecha e izquierda se juntaran: curas, empresarios y mineros que se manifestaban por las calles y en los puentes internacionales con Estados Unidos. El candidato de la derecha, Pancho Barrio, exigía la anulación de la elección con una huelga de hambre dentro de una tienda de campaña mientras hablaba con Dios. El líder moral de los católicos, Luis H. Álvarez, compartía micrófono con Heberto Castillo, el dirigente de los maestros universitarios en 1968.

—¿Qué hace la izquierda junto a la derecha en el norte? —preguntó Zabludovsky una mañana de julio de 1986—. Eso no existe. No es posible.

Lo imposible no es televisable.

—¿Quién se hubiera imaginado que los comunistas se iban a aliar con los conservadores, sólo para sacar al PRI? —reflexionó, casi sorprendido, Pérez.

—Son unos degenerados —completó Zabludovsky.

Y el movimiento en Chihuahua se fue contra esa televisora que no quería problemas, que sólo buscaba que las cosas se mantuvieran igual para siempre. Los dirigentes conservadores, los de izquierda y hasta los mineros en huelga llamaron a un bloqueo a Televisa: "Apaga la televisión porque no dice la verdad", "Televisa Miente", "No compres Ron Bacardí porque sostiene la Mentira". A sus 61 años, Pérez no lo entendió.

—El boicot de Chihuahua no nos perjudica. No perdemos una gran audiencia, señor —le dijo Pérez a Emilio Azcárraga.

—El pedo no es la audiencia, Pérez —subió la voz el dueño de Televisa—. Es el papelón que estamos haciendo en Estados Unidos.

Y era cierto. A las ocho de la noche el noticiero de un tal Gustavo Godoy desde Miami cubría las manifestaciones en Chihuahua y, tres horas más tarde, Zabludovsky, repetido vía satélite para la comunidad hispana en Estados Unidos, hablaba del clima, de toros, y leía un boletín del presidente de la República: el ganador en

Chihuahua ya formaba gabinete, llamaba a la "reconciliación de los mexicanos", ignoraba que la protesta tenía tomadas las calles y los puentes internacionales.

—Ese Godoy es nuestro —gritó Azcárraga dando vueltas a donde estaba, hasta el terremoto, la silla de los castigos—. Nosotros somos dueños de su pinche televisora de Miami. No puede decir lo que se le salga del forro de los huevos.

Pérez vio desde lejos la aventura de ir a acallar a la televisora de Miami, la Spanish Internacional Network. Se quedó tamborileando los dedos en el escritorio, pensando que a Emilio Azcárraga las cosas le estaban saliendo mal: unas semanas antes, su médico, el doctor Borja, le había diagnosticado un melanoma en la pierna derecha, la misma que se había herido montando a caballo un día antes del accidente de avión en el que muriera su cuñado, Fernando Diez Barroso. Emilio no creía en los médicos mexicanos. De hecho, no apreciaba a ningún mexicano, así que tendría que atenderse en Estados Unidos. Y a eso iba cuando, en agosto de 1986, le dieron tres infartos consecutivos. Se salvó de milagro, pero a donde fuera tenía que llevar tanques de oxígeno y un aparato para monitorearle la presión. Un mes después renunció a la presidencia de Televisa, el 22 de septiembre de 1986. Pérez vio llegar, en su lugar, a Miguelito Alemán, que habló de "incorporar a los noticieros algunos comentarios de la oposición. No todos los días, pero sí de vez en cuando". Por órdenes de Azcárraga, Jacobo Zabludovsky tuvo que despedirse de su noticiero, *24 Horas,* dos semanas antes de la partida del jefe. Azcárraga Milmo y Zabludovsky se verían de nuevo en Los Ángeles.

Pero antes, el 10 de septiembre de 1986, Zabludovsky llegó a Miami a silenciar a quienes, desde una televisora que controlaba *el Tigre* mediante un prestanombres ítalo-americano (René Anselmo), se atrevían a criticarlo. Salió de un Rolls Royce en la esquina de la Séptima de North West y la 22. Zabludovsky había dejado correr la versión de que viviría en el exclusivo conjunto Brickell. El mensaje era claro: Televisa tiene el poder para comprarlo todo y a todos.

Si no aceptan, serán fantasmas. Pero nadie esperaba la respuesta de los periodistas hispanos de Miami:

—Nosotros no hacemos noticieros por teléfono —le dijo José Díaz Balart, en referencia a la casi nula imagen que los noticieros de Televisa transmitían.

—No hacemos radio con pantalla —remachó Godoy.

Zabludovsky se molestó. Salió, como un torero en medio de los cojinazos, derechito, sin azotar la puerta de las oficinas de Miami. Se metió de nuevo a su Rolls Royce y ahí recibió, en el teléfono del auto, una mala noticia desde México. Era Pérez:

—Tuvimos que cambiar la sede del concurso *Señorita México,* don Jacobo.

—¿Cuál era la sede?

—Chihuahua. La oposición llamó a no dejar pasar a las concursantes. No podíamos permitir ese desorden.

—¿Y ahora dónde va a ser?

—En el Hipódromo de Agua Caliente de los Hank González.

—Ése siempre será un buen refugio para nosotros.

Zabludovsky no se equivocaba: durante sus tres eras, el hipódromo de Tijuana había tenido que ver con Televisa. El primero, el fundado por Salvatore *Johnny* Alessio, cerró el mismo día en que el presidente Miguel Alemán le entregaba un reconocimiento por "fomentar el turismo mexicano" y la justicia estadounidense lo citaba para que explicara cómo un mensajero del Banco del Pacífico podía tener hipódromos en Tijuana, Ruidoso y Sunset Park. *Johnny* Alessio no quiso problemas y simplemente le prendió fuego al Hipódromo de Tijuana. Sus archivos, sus dobles contabilidades, se hicieron humo. Más fantasmas. Al hipódromo de Tijuana lo rescataron Carlos Hank, gobernador del Estado de México, y Mario Moreno *Cantinflas*. Ellos dos, el político y el cómico, se lo vendieron en 1973 al hijo de aquél, que sólo tenía 25 años, Carlos Hank Rhon. Al esplendor de esas 80 hectáreas de pista, restoranes y taquillas contribuyó Bruno Pagliai, el socio de Azcárraga Vidaurreta en el negocio de tubos de acero cuando ayudaban a la Italia de Benito Mussolini a ganar la guerra. En homenaje a toda esta historia, el espectáculo de *Señorita México* en 1986 comenzó con una docena de bailarines que imitaban los movimientos de los caballos. Fuetes, gorritas de jockey en hombres flexibles vestidos con mayitas y botas.

—Pinches maricones —vio Azcárraga la transmisión y apagó la tele.

Zabludovsky se reunió más tarde con Emilio Azcárraga, que convalecía del melanoma de la pierna, la misma que se hirió montando a caballo con Nadine Jean. Lo hicieron en el 9200 de Sunset Boulevard. Jacobo Zabludovsky le informó que los periodistas de Miami se negaban a trabajar bajo sus órdenes, en el entendido de que los noticieros de Televisa eran una sucursal de la oficina de prensa del Partido.

—¿Qué quieren esos muertos de hambre? —dijo Emilio en bata y con una gorra, después de que su estilista, Julián, le pintara el cabello de castaño, salvo por el mechón blanco.

—Les dije que trabajarían para la televisora que ha organizado dos mundiales de futbol. No les interesó. Me hablaron de integridad, hágame el favor, don Emilio.

—La pinche integridad cuesta carísima. Y el que paga soy yo. Así que: ¡a la chingada!

La idea fue tratar a los periodistas inconformes como si fueran caballos sacrificables en un hipódromo: el 30 de octubre les fue negada la entrada a sus oficinas de Miami. Godoy y otros 23 trabajadores fueron cesados, sin indemnización, por criticar los noticieros de Televisa. Luego de ese autogol —pues el sistema de noticias en español, ECO, se deshizo con esa patada y nació, sin querer, la competencia hispana en Estados Unidos: Telemundo— los dos jefes, Azcárraga y Zabludovsky, regresaron a México. No se sentían derrotados, pero le dieron instrucciones a Pérez de que no se dijera una sola palabra del fracaso de Televisa en Estados Unidos. Todo se silenció. En los noticieros de México nunca se supo que un juez estadounidense sentenció a Televisa por ser un monopolio extranjero. Otro juez jamás dictó que el sistema de televisoras en español era propiedad de un magnate mexicano que usaba prestanombres relacionados con la mafia italiana para controlar propiedades reservadas a los estadounidenses. Tampoco hubo despido de trabajadores en Miami. Ni la creación, por parte de los exiliados cubanos en Florida, de una televisora en competencia con Televisa. Si no sales a cuadro, no existes. Y el fracaso de los mexicanos en Estados Unidos jamás apareció. Como a un fantasma, se le cerró el encuadre y nunca más se volvió a hablar de él.

Meses después del fracaso que nunca existió, Azcárraga volvió a la Presidencia de Televisa. Sus empleados le organizaron una recepción en un foro de Televisa San Ángel. Entre aplausos, vivas, y saludos desde las gradas, Azcárraga fue recibido como si su paso por Estados Unidos hubiera sido una guerra. Y si lo fue, la había perdido. Agradeció a la multitud pero no usó el micrófono, sólo los apretones de mano. Y regresó a su oficina cerrada desde hacía meses. Ese olor a aire recluido.

El regreso triunfal de Jacobo Zabludovsky fue entrevistar durante una hora al presidente Miguel de la Madrid:

—Es usted, señor presidente, un líder sereno, seguro y equilibrado —le dijo, de entrada. Y el presidente sonrió con el gesto de la barbilla que usaba como un escudo. Se le había caído lo demás: la ciudad, la policía, la economía, y su sucesor había llegado con un fraude electoral.

Pero a la gente, a la opinión pública, Televisa tenía mucho que explicarle: el regreso, derrotada, de una de sus aventuras por Estados Unidos. Fue Miguel Alemán Velasco el encargado de las explicaciones. La confusión era un arma letal que los políticos usaban contra la opinión. Televisa sabía que, dentro de sus políticos, Alemán era el más talentoso para el dislate que los paralizaba:

—Si tenemos que retroceder un paso, de cualquier forma hemos avanzado —dijo Miguel Alemán, y se retiró entre grabadoras y micrófonos.

Aparecieron más fantasmas. En la campaña presidencial, parecía que el Partido iba a perder por primera vez en 60 años. Su candidato, Carlos Salinas de Gortari, se desmoronaba desde adentro de sus camisas seudomilitares frente a la izquierda entusiasta, harta, desorganizada, de Cuauhtémoc Cárdenas, el hijo del general que nacionalizó el petróleo. Los mítines multitudinarios de Cárdenas en Michoacán, Oaxaca, Guerrero, las universidades, y en el norte, en la Comarca Lagunera, asustaron al Partido y a los noticieros de Televisa. La respuesta vino en forma de propaganda negativa.

Un domingo antes de la elección Televisa transmite un programa especial donde comparan a Cárdenas con Fidel Castro y al candidato de la derecha, Manuel Clouthier, con Mussolini.

—Programón —dijo Azcárraga en su oficina del primer piso de Televisa Chapultepec—. No se preocupen. Todo va a salir bien. Hasta me voy a Europa de compras para celebrar.

Pero, en la intimidad, le dijo a Pérez:

—Encárgate de que estos pendejos no dejen evidencias. Porque de que van a joder, nos van a tratar de joder. Vele llamando a mi juez. Al Chema.

Así que, una vez más, Pérez era el encargado. Llegó a Temístocles 67, en Polanco, para verificar que todo fuera limpiado. Ahí estaban los hermanos Eduardo y Juan Ruiz Healy con Jorge Sánchez Acosta, la tarde del 3 de julio de 1988, tres días antes de las elecciones presidenciales. Los tres empacaban a toda prisa videocasetes, cintas de súper 8, transcripciones estenográficas, computadoras, notas, cuadernos y agendas. Afuera, dos Grand Marquis, traídos por Pérez, los esperaban para ir al aeropuerto. Los autores del programa especial, "La oposición", transmitido a todo el país el domingo anterior, debían irse, por órdenes de Azcárraga, esa misma noche, para evitar que alguien los investigara. Cuando Pérez entró a la oficina de los Ruiz Healy, Juan decía al teléfono:

—Necesitamos más dólares para desmantelar el equipo humano. ¿Sí me entiendes?

Pérez sabía esa clave de Televisa: entras para aparecer y sales para huir, para hacerte humo. La lista. Un día estás, otro ya no. Un designio del extraño Dios de la Empresa. A los Ruiz Healy les tocaba desaparecer. También sabían que el Partido, con Salinas de Gortari, iba a ganar, aunque perdiera. Y ellos, los dueños de la información, no iban ni siquiera a parpadear. Se acomodó los lentes esperando a que los Ruiz Healy terminaran de empacar las evidencias de la producción de la propaganda negativa, que era, en el fondo, la edición de todo el entusiasmo por Cárdenas que había quedado fuera. La historia de lo que quedaba fuera, la historia de un fantasma.

Pérez pensó en todos los apoyos que Televisa le había dado al Partido contra Cárdenas: Zabludovsky entrevistó a los "hermanos" del candidato de la oposición:

—Le pedimos a Cuauhtémoc Cárdenas que deje de utilizar el nombre de nuestro padre para sus fines políticos y desestabilizadores.

—¿Y cómo se llama su padre?

—El general Lázaro Cárdenas.

Luego se supo que no eran hijos del general, pero el daño ya estaba hecho.

Se dedicaron más del 90 por ciento de las noticias a elogiar a Carlos Salinas de Gortari e, incluso, se dejó de transmitir la telenovela de la historia de los presidentes mexicanos, *Senda de Gloria,* porque, justamente, tocaban los capítulos dedicados al cardenismo. Iban a hacer ganar al candidato del Partido a como diera lugar o, como Azcárraga había indicado con la sutileza intelectual que lo distinguía: "a hueviori". Cuando vinieron las denuncias del fraude de parte de los partidos de izquierda y de derecha, Televisa hizo lo mismo que con Chihuahua: nada. El silencio significaría para Televisa más concesiones en el sexenio de Salinas de Gortari; 24, para ser exactos, para el canal 9, y el uso, gratis, de los satélites Morelos. Para Alemán significó su salida de la televisora para ir a apoyar a Carlos Hank González en la Secretaría de Turismo:

—Me voy a apoyar al profesor Hank González, porque no sabe hablar inglés.

Un hipódromo hacia abajo. Unos espectros a los lados. Sólo existe lo que sale a cuadro. Eso es la televisión.

Pérez siguió transitando los pasillos de Televisa Chapultepec como un fantasma más. Él, que sabía que hacer noticias en México era ocultarlas, también se iba diluyendo en el aire, y un día se hablaría de su fantasma apareciéndose cada octubre por las oficinas. Sabía lo oculto de Televisa y de Azcárraga. Por ejemplo, que su hija mayor, Paulina, se había suicidado con una sobredosis de heroína en París (1980) y que la nota con la que trataba de explicar el suicidio, garabateada en la parte de atrás de una fotografía de su padre, decía sólo: "No eres Dios". Emilio voló en uno de sus jets privados a Europa para arreglar el entierro de su hija sin publicidad de ningún tipo y aprovechó el viaje para encargar dos yates en Ámsterdam con un anticipo de 10 millones de dólares. "Sí. No soy Dios", pensó, "Él no tiene tanta pinche lana".

Pérez se encargó de que en Televisa nunca existiera el fraude electoral, ni los cientos de muertos de la oposición que se iban acumulando. México era el que enseñaba Televisa en *México, Magia y Encuentro,* de Raúl Velasco, y el de los documentales de Demetrio Bilbatúa para anunciar la cerveza Corona. Un país pequeño, a la medida, hecho de boletines presidenciales. Un país que no contaba los cambios que iba sufriendo con las crisis, los terremotos —lo único que *el Tigre* Azcárraga lamentó del derrumbe de Chapultepec 18 fue la pérdida de la silla donde él y su padre subían a sus empleados para regañarlos. De hecho, había guardado una astilla de esa silla destruida y la había mandado encapsular en un recipiente de plástico que acariciaba en su bolsillo cada vez que tenía que humillar y despedir a alguno de sus empleados—, las sacudidas personales y colectivas. Un país en sintonía con el presidente Salinas de Gortari, que quería un encuadre de "lo bueno", es decir, de sí mismo.

Un 10 de septiembre de 1989 Pérez recibió un fax informándole que Emilio Azcárraga, enfermo y ahora con pastillas, oxígeno, calmantes, adelgazantes de la sangre, pasaría en una limusina por el presidente Salinas de Gortari en Manhattan. Pérez tenía que averiguar la agenda presidencial, contratar la limusina desde México, adivinar todo. Dentro del auto irían el cónsul Agustín Barrios Gómez, antes comentarista de los noticieros de Televisa, y el poeta Octavio Paz. Pérez imaginó cómo se sentiría viajar en la limusina que él mismo había alquilado: un Cadillac Fleetwood blindado, con vidrios antibalas, con un motor turbo. Por dentro tenía un servibar con un dispositivo que fabricaba hielos al instante. Y una coctelera para martinis. Pérez sabía que ninguno de los personajes en la limusina, salvo Barrios Gómez, bebían a esa hora, así que imaginó que sólo se sentarían, unos frente a otros, en los amplios sillones de cuero *beige*. Quizá tendrían una charla como ésta:

SALINAS: Tengo en mente organizar una exposición de arte mexicano para traerla aquí, a Nueva York, y luego a Los Ángeles.

PAZ: Muy buena idea, señor presidente.

SALINAS (con esa mueca abajo del bigote que lo hace parecer un muñeco de Plaza Sésamo): Una exposición para que sepan que su vecino del sur tiene 10 siglos más que ellos de existir.

PAZ: Diez siglos de esplendores.

AZCÁRRAGA MILMO: Podríamos financiarla vía la Fundación Televisa, exenciones de por medio, presidente.

SALINAS: Claro, claro, todo el apoyo, como siempre, Emilio [y mueve la cabeza como pensando "¿por qué no lo da por sentado?"]. Y a usted, don Octavio, le conseguimos el Nobel de Literatura. [Octavio Paz suelta una carcajada, pero en el instante se da cuenta de que es el único al que le pareció una broma.]

Esa limusina haría dos paradas, según el fax que recibió Pérez: una en el Consejo de las Américas, donde la gente de David L. Rockefeller había nombrado a Salinas de Gortari "El Estadista del Año", y otra en la Universidad de Brown, donde recibiría un doctorado *Honoris causa*. Hasta ahí llegó Zabludovsky a entrevistarlo: "Señor presidente, qué emoción poder hablar con usted". Azcárraga lo vigiló un instante y después se subió a su limusina. Acababa de obtener del presidente el control casi absoluto de Televisa: le había prometido un crédito para comprar las acciones de los O'Farrill, las de los Alemán e incluso las de su hermana Laura.

Desde su escritorio, Pérez vio cómo las enfermedades acentuaban en Emilio su habitual voracidad. Quería todo lo que le interesaba: mujeres, yates, deportes. Pero, sobre todo, el control accionario de Televisa. Era como si 1989 se le fuera de las manos sin conseguir algo que buscaba, algo que mordía en silencio, mientras se quedaba como ausente en las reuniones de administración de Televisa. ¿Dónde acomodar a sus amantes y esposas, a sus yates, a sus repetidoras, a sus satélites?

—A mí —le dijo a la prensa— me gusta llegar a todos lados en *shorts* y me cagan las aduanas.

Necesitaba un lugar donde estacionar sus yates en el continente americano. Necesitaba, con urgencia, un muelle lo suficientemente grande como para sus seis yates, dos de 45 metros, el *Lady Azteca* y el *Paraíso,* que tenían discotecas adentro, helipuertos y pistas de aterrizaje. Y para eso fundó Watermark, para construir un muelle en Battery Park, al lado del centro financiero de Manhattan. Así, los accionistas de Wall Street verían lo que era un magnate mexicano, a Emilio, con su mechón blanco, la barba partida, los trajes a la medida, del brazo de una modelo 40 años más joven. Para que lo moviera en esos círculos se había conseguido de socio a John Gavin, un ex actor y ex embajador de Estados Unidos en México, que ahora era la cara publicitaria del ron Bacardí:

—¿Ha hecho usted la Prueba del Añejo? —decía en chamarra dentro de un salón privado de billar.

Eso era justo lo que necesitaba Emilio Azcárraga: una cara que vendiera un ron corriente como si fuera una bebida de reyes. El día que Wall Street cumplía 100 años, Azcárraga hizo una recepción en su yate para medir fuerzas con los ricos, los otros ricos: los gringos, los europeos, los japoneses. No era la primera vez. Ya antes, en diciembre de 1986, lo había hecho cuando se casó por cuarta vez, con Paula Cussi, la chica del clima en el noticiero de Zabludovsky. En su escritorio de noticieros, Pérez se imaginó a las meseras de cocteles, a los invitados del mundo de las finanzas —nunca de la televisión— y a los cantantes. Nadie de Televisa. Pérez supo, por rumores, que su jefe Emilio había salido de su propia boda para encontrarse con una amante.

—¿Sabes? —le decía a ella ese Emilio imaginado por Pérez—. Hoy me casé otra vez.

—¿Tu muchacha del clima?

—Es muy lista. Sabe cosas que yo no sé, como de arte y pinturas. Ella me dice qué cuadros comprar y cuáles regalar. Un día le vamos a construir un museo para que se entretenga. No con el pendejo de Tamayo que se cree Dios —se refería al frustrado intento de Televisa de apoderarse del Museo Rufino Tamayo.

Cuando buscó una respuesta a su idea, notó que Sandra Bernat se había quedado profundamente dormida. Roncaba. Emilio aprovechó para conectarse un rato a su tanque de oxígeno. Tres años después, Emilio había puesto de cabeza —o eso creía— al *jet set* de Wall Street: del brazo del alcalde de Nueva York, Mario Cuomo, y del Hombre de Bacardí, John Gavin, inauguraron el puerto para yates gigantes frente a las Torres Gemelas del World Trade Center. Pérez imaginó a su patrón aspirando el aire descompuesto del río Hudson con la vista puesta en el centro financiero del mundo: "Me los chingué". Pero, en realidad, lo único que había dicho fue:

—Éste será el Saint-Tropez de América. Porque, ¿qué sería Saint-Tropez sin los yates en la bahía? Un pueblucho. Lo mismo le pasaría a Battery Park.

Y Pérez, desde su oficina en la reconstruida Televisa Chapultepec, iba y venía de los pasillos de noticias donde nada de esto aparecía. La historia más oculta era la de la propia Televisa, donde se grababa encima de los videocasetes, una y otra vez, hasta que se reventara la cinta: una nueva telenovela sobre un viejo programa de concursos. Trama sobre trama. Donde el archivo de lo no transmitido era mayor que el de las horas al aire. Azcárraga acumulaba esposa tras esposa, amante sobre amante, deuda tras deuda, yate sobre yate. Zabludovsky simplemente evadía, evitaba, desaparecía a todos y él seguía apareciendo, sin importar los desprestigios, las mentiras, las caravanas al rey. Salir a cuadro era la única forma de la existencia. En el país nunca pasaba nada más que transmisiones encabalgadas, como caballos en un hipódromo. Una tras otra. Nada importa, salvo el siguiente día, el siguiente sexenio, el próximo presidente ungido. Todo desaparece cada noche, cuando las televisiones se apagan y cada día empieza de cero, sin importar lo que se haya ocultado, los desaparecidos, los fantasmas del día anterior.

De vuelta en la Basílica de Guadalupe, Pérez avienta la colilla de su cigarro para quemar a la oruga que se arrastra entre los feligreses, pero no le da. Se han encendido las cámaras de Televisa. Las cantantes están ya en línea, el mariachi preparado. Pérez mira su reloj: son dos minutos para las doce de la noche. Voltea a ver el pasillo de la iglesia. La oruga ha desaparecido.

* * *

La ballena Keiko estuvo en las plegarias de esa madrugada en la Basílica de Guadalupe, con el elenco de la telenovela que había explotado a la orca y suscitado con ello que los niños quisieran conocerla en el parque de diversiones: una alberca sucia y poco honda de Reino Aventura. Las actrices y actores de la telenovela *Azul* fueron colocados detrás del espectáculo principal, los cantantes entonaban *Las mañanitas* a la Virgen: Lola Beltrán, Lucero vestida como pirata-mariachi, *el Buki* de traje y corbata recién separado de su grupo, Aída Cuevas de charra. Unos meses antes, la ballena había sido transportada desde el sur de la ciudad de México hasta el avión de UPS que la depositaría en Oregon para grabar una película sobre la liberación de animales en cautiverio. La paradoja no podía ser más televisiva: una ballena que, desde su captura en Islandia, nunca aprendió a alimentarse por sí misma, y estelarizaba en Televisa telenovelas sobre la libertad animal, fue remolcada, con transmisión en vivo, para que "los niños se despidieran de ella". Atacada por hongos en las aletas, desnutrida, incapaz de interactuar con otras orcas, Televisa la había vendido por cinco millones de dólares a la productora de cine Warner con un contrato para tres películas en las que no se llamaría Keiko, sino Willy. Y el elenco de *Azul,* la telenovela de Keiko, se arrodilló para pedir a la Virgen de Guadalupe por la salud de la ballena.

La telenovela de la orca había conducido a un enfrentamiento entre Valentín Pimstein y la productora, Pinkye Morris. En el Manual del Departamento de Recursos Literarios de Televisa se leía:

> El melodrama parte de una anécdota que debe estar situada en la línea amorosa. La línea amorosa no debe ser nunca opacada por subtramas de conflictos sociales o políticos o morales. Los personajes no deben ser realistas; son esencias: ricos y pobres; malos y buenos. [...] Toda telenovela debe seguir el siguiente esquema:
>
> A y B se aman
> C ama a A
> D ama a B
> C odia a B
> D odia a A
> C y D se unen contra A y B.

—¿Y la ballena? —soltó Pimstein en su oficina del cuarto piso de Televisa San Ángel—. ¿Ésa a quien odia? Come como un regimiento y no habla.

73

—Es una orca —reiteraba Pinkye Morris—. ¿Qué quiere que hagamos?

—Por mí, mátenla.

Y así fue que surgió "la subtrama social": la mafia tratando de asesinar a la ballena. Las telenovelas se decidían con la fórmula que Pimstein había inventado: "lo más barato, lo más simple, lo más rápido". Su credo era el siguiente:

—La trama la debe entender hasta mi sirvienta. Las tramas de las series gringas son para blancos. Nosotros hacemos telenovelas para los indios.

Unos años antes, se había decidido asesinar a la protagonista de *Vanessa,* Lucía Méndez, porque tenía problemas amorosos con Emilio Azcárraga y no llegaba a los llamados. El desenlace fue sorpresivo y se especuló si Pimstein había decidido cambiar sus fórmulas de finales felices. Nunca más fiel a su prisa por hacer dinero fácil —"mátenla"—, Pimstein era implacable. En el último capítulo de *Vanessa,* simplemente mató al personaje que interpretaba Lucía Méndez. Así se resolvían las indisciplinas de los actores. Su personaje moría, viniera o no al caso en la trama.

Pimstein tampoco soportaba que hubiera otros productores de telenovelas. En especial, atacaba las series vagamente didácticas de Miguel Sabido —"Son puras pendejadas. Si las sirvientas quieren aprender a leer y escribir que vayan a la escuela. La televisión es la venta de ilusiones encarnadas en mujeres y hombres guapos, no de realidades"— y las superproducciones de Ernesto Alonso sobre episodios históricos y, a últimas fechas, algunas sobre poderes sobrenaturales, magia, brujería y fantasmas. Pimstein las odiaba. Para hacerle mala publicidad a esas telenovelas, soltó el rumor de que la amante de Azcárraga, la mismísima Lucía Méndez, estaba implicada en los asesinatos rituales de Matamoros, encabezados por el cubano-americano Adolfo de Jesús Constanzo y la mexicana Sara Aldrete, que inspiraron la película *Perdita Durango*. Pimstein no estaba de acuerdo con la trama de la telenovela sobrenatural *El extraño retorno de Diana Salazar,* con Lucía Méndez (1988), y filtró que, en la realidad, la actriz preferida de Azcárraga desde que obtuvo "El rostro de *El Heraldo*" en 1972, había participado en los 12 homicidios rituales en el rancho de Santa Elena, Tamaulipas, donde se practicó el canibalismo y la elaboración de amuletos con vértebras humanas, en nombre del Palo Mayombe de los "santeros". *Narcosatánicos* fue el término escogido por los medios para describir esa mezcla de magia, rituales de invulnerabilidad de la santería de Miami y tráfico de anfetaminas revueltas en sangre humana. Era una venganza de Pimstein contra la telenovela sobrenatural. Para él no había que contar más que una historia: *La Cenicienta.* Según su teoría, los televidentes llegaban a sus casas hartos de realidad. Lo que necesitaban era una fantasía aspiracional, que reflejara que estaban "bien jodidos, pero con esperanza", y luego echarse a dormir. Pimstein se santiguó frente a la Virgen de Guadalupe por eso.

La cantante principal en la misa sería, como todos los años, Lucero. A los 13 años, Pimstein le había adaptado una historia argentina tipo *Cenicienta,* que se llamó *Chispita.* Luego, sintiéndose actriz, había hecho tres papeles distintos en *Lazos de amor,* que a Pimstein no le gustó. Él no creaba estrellas para que lo rebasaran, sino para que lo obedecieran mientras podían, mientras seguían jóvenes, delgadas, y encantadoras. A pesar de ser una niña, "Lucerito" debía ser sustituible: las actrices iban y venían. Lo único que importaba era la empresa. Televisa organizó, entonces, un concurso de niñas para encontrar a *La doble de Lucerito.* El segundo lugar lo había ganado una muchacha "mugrosita" —decía Pimstein— de 12 años, que venía de Monterrey: Gloria Trevi.

La "telemisa" a la Guadalupana había sido planeada como una telenovela. No había intercambios de hijos, ni madres injustamente encarceladas, ni malvadas discapacitadas que le hacían la vida imposible a sus familiares, ni muchachas analfabetas que se convertían en diseñadoras de moda millonarias, ni ciegos que no reconocían en la voz de su enfermera a su antigua novia, ni nazis, ni Porfirio Díaz o los cristeros reivindicados, ni maleficios sobrenaturales, ni "vocación social" supervisada por la hermana del presidente López Portillo, ni protagonistas elegidas por el presidente Salinas, ni maestras rurales acosadas por el cacique del pueblo, ni falsas gitanas o japonesas, ni locas que regalan a sus hijos en la calle, ni quinceañeras violadas, incestos que no se cuentan, secretos de familia; ni fantasmas, dibujos animados, perros que hablan. María de Guadalupe, María Belén, María Isabel, María José, María la del Barrio, María Mercedes, Mariana, Marianela, Marimar. Televisa era dueña de la franquicia de las "Marías", de 40 años de telenovelas ininterrumpidas, donde una historia era igual a la otra, con la fórmula ABCD complementada con una marea roja en la que nadie sabe quién es hijo de quién, nadie conoce las intenciones malignas de los otros, donde la ingenuidad es premiada con una boda al final. La teoría de Televisa provenía de las radionovelas: las amas de casa se aburren y lo único que puede entretenerlas es la truculencia de las vidas ajenas en la que lo inverosímil es la tragedia y el sorpresivo triunfo del bien. Las actrices de telenovela le rezaban a la Virgen en pantalla. Por eso hasta *Las mañanitas* a la Virgen eran melodrama: se llevaba al cantante que había superado el cáncer a agradecer "el milagro", se llevaba a la actriz que había superado un divorcio especialmente comentado, y a Lucero, que cantaba: "Tienes dos luceros por ojos, virgencita", con media sonrisa de lado, para sí misma.

El fervor guadalupano era la historia de esta televisora. La primera transmisión, el 21 de marzo de 1951, no fue un partido de beisbol desde el Parque Delta, como normalmente se cree, sino una misa. Pimstein conocía esa historia.

La secretaria de Azcárraga Vidaurreta, Amalia Gómez Zepeda, decide que hay que pedir un milagro para que todo salga bien. Ella cumple ese día 21 años de trabajar para el patrón Azcárraga Vidaurreta. Y es un día 21. Es "cabalístico". Antes de la transmisión, ella va por un cura a la iglesia de San Pedro Apóstol, pero no lo encuentra. Es un miércoles y el cura, de apellido Almazán, estaba, como siempre a esa hora, en La Hija de los Apaches, una pulquería de la colonia Doctores. Amalia Gómez Zepeda lo saca de ahí todavía con el vaso de tlachicotón, y es así como llega al estudio de Chapultepec 18. Se encienden veladoras, se reza, se pide a la Virgen que los ayude y se rocía agua bendita. El ingeniero José de la Herrán transmite toda la misa antes del partido de beisbol, en una especie de ensayo mayor. Así que la primera imagen que sale de la que sería la televisora más poderosa de América Latina es una misa, con trabajadores arrodillados, agua bendita, y los ojos cerrados ante una imagen de cartón de la Virgen de Guadalupe, alumbrada por una veladora.

Entre la feligresía guadalupana de la "telemisa", Pimstein no lo reconoce, pero está un muchacho de 19 años llamado Edmundo García Pérez. Su salida del útero de su madre, Refugio Pérez Reyes, fue transmitida en vivo el 25 de junio de 1967. Televisa se enlazaba con ese parto a 26 países del mundo mediante el nuevo satélite, Early Bird, que Televisa tradujo al español como El Pájaro Madrugador, y no como debía: Alondra. La mayor parte de la audiencia recuerda a The Beatles cantando *All you need is love* —Mick Jagger sentado en el suelo, haciendo coros con Eric Clapton, Keith Moon y Marianne Faithful—, pero la contribución mexicana a los 500 millones de televidentes a la una y siete minutos de la tarde fue el parto de una mujer en el Hospital La Raza de la ciudad de México. También se transmitió una imagen de la mesa de negociaciones vacía en Glassboro, donde la parte soviética se había levantado argumentando que no participarían de una transmisión conjunta vía satélite mientras Lyndon B. Johnson no terminara con la matanza en Vietnam. A Televisa no le importó: desde el nombre era un medio creado para utilizar satélites y, de acuerdo con su religiosidad intrínseca, decidió hacer un homenaje "al derecho a la vida", transmitiendo el nacimiento de un bebé. Ahora, ese bebé tiene casi 20 años y está rezando en la Basílica de Guadalupe.

Los asistentes, ya entonando *Las mañanitas* a la Virgen junto con Lola Beltrán y Lucero, tampoco recordaron que la misma familia que conoció todo el mundo vía satélite en 1967 había aparecido en un programa posterior, cuando Edmundo ya tenía nueve años: *Sube apá, sube* —luego *Sube, Pelayo, sube*—, conducido por Luis Manuel Pelayo. La idea era muy simple: se invitaba a una familia pobre a lo alto de una rampa encerada —más tarde se sustituiría por algo más difícil: un palo ensebado—. El jefe de familia, abajo, trataba de subirla, animado por sus hijos. Si lograba trepar la rampa resbaladiza, obtenía una sala, un comedor, una cama, un horno y una televisión. El conductor, Pelayo, dedicado más bien al doblaje en español de series y películas de Hollywood, animaba los llantos de los hijos y la esposa para que el padre trepara sobre la rampa embarrada de sebo. Salvo en una ocasión y con la trampa de un niño que sacó el pie de la rampa para que su padre se agarrara de su zapato, nadie ganó ese concurso. Tampoco lo hizo Manuel García Gómez, padre de Edmundo, el 15 de octubre de 1976. Era el orgulloso padre de familia de la transmisión satelital de 1967. Pero sus números de la suerte se invirtieron. Trató de subir, resbalándose, una y otra vez durante el minuto que le permitía el reloj de pulsera del juez Leonardo Espinoza, mientras la orquesta de Raúl Stallworth aumentaba el ritmo de la angustia. Edmundo, el niño del satélite que unió al mundo en 1967, lloraba con baba en la boca, mientras su madre, Refugio, lanzaba la porra del programa: "Sube apá, sube". Pero el padre no lo logró. La familia fue despedida por el conductor Pelayo con un "lástima" y se fueron al cierre del programa, en el que edecanes menores de edad con poca ropa tiraban confeti al público, mientras la lavadora del premio, la sala, la cama y la televisión observaban desde la pantalla a la audiencia. Los objetos convertidos en testigos de la derrota del padre. Los electrodomésticos, los muebles, como el futuro inalcanzable, como el deseo por subir una rampa desde la pobreza hasta la clase media. Los objetos que te miran desde la pantalla de la televisión. Y, en varios sentidos, la historia de la familia mexicana quedó retratada por la vida de Edmundo de 1967 a 1976: con todas las posibilidades en el inicio de lo satelital a la derrota de la modernidad inaccesible —el consumo—, 10 años después. Y ahora, en 1996, ahí estaba en la Basílica el hijo olvidado, Edmundo, rezando. Dos semanas después del fallido concurso del 76, su familia se separó. La madre le reclamó al padre no ser capaz de subir la rampa resbalosa. Volaron las acusaciones, las culpas. Un mes después, su padre, el orgulloso Manuel del Pájaro Madrugador, dejaba una nota de despedida: "No he sabido cumplirles".

Se ahorcó.

Su hijo, hincado, reza, 20 años después, por él.

Entre los hincados también está Mario Gallego. Sería difícil adivinar por qué pedía perdón. Vagamente, de reojo, Azcárraga, Raúl Velasco y Pimstein lo ven. Saben, de pasada, quién es, pero lo evitan. Su vida habría podido ser distinta, pero ¿quién puede saber, al observar una semilla, si va a germinar o no? Había crecido en las pandillas juveniles de la colonia Del Valle, al igual que varios ex presidentes de México y otros actores, cómicos, de Televisa. Llegado de España, se había involucrado con ellos en los años cincuenta al emigrar a una de las colonias nacientes de la ciudad de México. En ese entonces, alrededor de 1942, la colonia Del Valle era propiedad de una pandilla juvenil comandada por Luis Echeverría, José López Portillo y Arturo el Negro Durazo. Un poco más de 20 años después, estos golpeadores eran presidentes de México y Durazo jefe de la policía de la capital con un Honoris causa del Tribunal de Justicia. Su gavilla se llamaba a sí misma Los Halcones. Así también se llamó el grupo paramilitar que golpeó, asesinó y desapareció a los muchachos de los veranos de nuestra disidencia, entre 1968 y 1971.

Gallego los había visto por primera vez en el parque Mariscal Sucre jugando a defenderse de un tipo con chacos llamado el Macaco. Se acercó a ellos con la idea de todo adolescente: pertenecer a una jauría. Y lo eran. En el billar de nombre Joe Chamaco, Mario

Gallego conoció al *Negro* Durazo y al *Macaco* de Los Halcones, que trataban de golpear a un tal Roberto Gómez Bolaños, después llamado *Chespirito*. Se decía sobrino de Gustavo Díaz Ordaz, quien llegaría a la presidencia sólo para fundar la masacre como forma de asimilar la modernidad, que parecía irse en multitudes contra el poder, como una ola, en 1968. *Chespirito* —*Shakespearito,* como lo nombró el cineasta Agustín P. Delgado después de que escribió el guión cómico de la cinta *Los Legionarios,* en 1957—, casi un cuarentón durante la matanza de estudiantes en la Plaza de las Tres Culturas, sólo dijo:

—Los Halcones siempre fueron implacables.

Gallego, español recién avecindado en México, trataba de encontrar las claves de la amistad en su nuevo barrio. No eran fáciles. Los mexicanos viven en una gelatina de amores y odios permanentes: puedes matar a tu mejor amigo o elogiar a tu peor enemigo. Los favores y las ofensas siempre son relativas. Gallego pensó que los mexicanos estaban locos con el poder: ninguna oposición era definitiva, ninguna amistad era para siempre.

Roberto Gómez Bolaños, después conocido en toda América Latina como *Chespirito,* pertenecía a la pandilla de Los Aracuanes —esos pájaros de picos largos—, que se golpeaban con todos en el norte de una colonia de clase media que lindaba con la Roma, pero que se cuadraban cuando llegaban Los Halcones, integrada por quienes serían los represores de todo México entre 1970 y 1982. Esas peleas con puños, cadenas, boxers, eran los ensayos de lo que padecerían los estudiantes por todo el país. Gómez Bolaños vivía en un edificio donde también estaba la novia del *Negro* Durazo. En sus memorias, *Chespirito* sólo escribe:

—Yo era el recadero del *Negro.*

Pero la relación con quien sería el jefe de la policía de la capital, ejecutor de las represiones políticas y cabeza del narcotráfico en la ciudad más grande del mundo, la siguió Mario Gallego como un exiliado sigue el rumbo que le depara el clima local. Su hermano era un afectado cantaor de flamenco que buscaba fortuna en México. Lo único que se le ocurrió para destacar fue pedirle a su hermano, que había conocido de niño a los que ahora eran políticos prominentes, que le consiguiera una audición en Televisa. El hermano, el cantaor, se llamaba a sí mismo Luisito Rey. Gallego buscó al *Negro,* ya jefe de la policía de la ciudad de México, para que lo hiciera aparecer en el programa *Siempre en Domingo* de Televisa:

—No te preocupes —le respondió el *Negro* con la voz aguardientosa—. A mí, las narices de esos cabrones me lo deben.

Y el hermano de Mario Gallego, Luisito Rey, apareció el 12 de marzo de 1980 con Raúl Velasco cantando un supuesto éxito: *Frente a una copa de vino.* Dos años más tarde, el favor ya era para el hijo de Luisito, llamado simplemente Luis Miguel. Ocurrió la misma conversación de Gallego, con más o menos humillaciones, ante quien él sabía que había sido jefe de Los Halcones de la Del Valle antes que jefe de la policía de la ciudad. El resultado fue el mismo: Luis Miguel, el hijo de Luisito Rey, cantó en Televisa. Se lo debía al *Negro* Durazo, que se vistió de general, con las medallas de plomo inventadas, y fue a hacerle una visita a Emilio Azcárraga Milmo. Era 1982 y llegó a Televisa Chapultepec en un *jeep* con policías que portaban armas largas y se movían de izquierda a derecha; las patrullas se estacionaron frente a la entrada del edificio, desperdigadas, como piezas de dominó después de que uno de los jugadores aventara la mesa.

—¿A qué debo el honor, mi general? —lo recibió Azcárraga Milmo en el quinto piso de Televisa.

—Hay un muchacho, hijo de Luisito Rey, que tienes que oír.

—¿Y quién te dice que no lo quiero oír?

—Nomás. Por si te haces sordo a lo que andan haciendo con unos cargamentos que llegan de Puerto Vallarta. Te lo mando.

Y Luis Miguel se presentó una semana después en *Siempre en Domingo.* Su tío, Mario Gallego, se convirtió en su guardaespaldas. Hay varias versiones de la desaparición de la madre de Luis Miguel,

Marcela Basteri. En una de ellas se dice que decidió no darle permiso a su hijo para ir a cantar al Festival de Viña del Mar en Chile. Raúl Velasco, por órdenes de Azcárraga, pidió que "alguien" resolviera el permiso de viaje del cantante menor de edad:

—Es la carta de Televisa en Sudamérica. No puede no ir.

Y Mario Gallego le habló otra vez al *Negro* Durazo.

—Me encargo —balbuceó en el teléfono, entre sus mejillas de *bulldog,* el jefe de la policía de la ciudad de México.

La última vez que se vio a la madre de Luis Miguel fue el 18 de agosto de 1986 en el aeropuerto Galilei de Pisa, Italia, donde tenían retenido a su hijo, el cantante menor de edad. Unos hombres le dieron la oportunidad de despedirse de él, de lejos. Se lo llevaban con su padre, a Madrid.

Y, por eso, por esa escena imaginada, Mario Gallego está hoy pidiendo perdón en la Basílica de Guadalupe. Nunca se supo nada de la desaparición de su cuñada, la madre del cantante Luis Miguel o, como quieren sus fans —haciendo una combinación con el nombre de su padre, el cantaor—, *Luis Mi Rey.* No hay tumba de ella y, por supuesto, sí varias versiones de su muerte: ahogada en una piscina en Italia por la mafia de Pisa, o en un tiroteo entre narcotraficantes en Ciudad Juárez. Ahora, en 1996, el *Negro* Durazo está en la cárcel, instalado en el silencio del pacto tradicional de la mafia. Luis Miguel se convirtió en una estrella de Televisa, con una voz de niña y un pantalón tan entallado que debía dolerle. Su padre se retiró del flamenco. Y quedó su tío, Mario Gallego, que se deshace en oraciones para aquel momento, hace 50 años, en que conoció a *Chespirito* llevándole un recado de su novia al *Negro* Durazo.

Unas filas más atrás, con las manos apretadas y la barbilla apoyada en ellas, pide perdón a la Virgen *el Macaco,* quien también había conocido a *Chespirito* en los tiempos de las bandas de jóvenes delincuentes en la colonia Del Valle. Lo recuerda porque éste siempre presumía que el "Bolaños" lo emparentaba con Gustavo Díaz Ordaz Bolaños Cacho. Los programas cómicos de vecindades no estaban inspirados en su vida de clase media, sino en las películas de Pedro Infante. *El Macaco* se había ido con el *Negro* Durazo, pero no a las policías políticas ni a la seguridad nacional, sino de cobrador de los de Puerto Vallarta. Ahora pide perdón por el 29 de noviembre de 1987. Fue él quien le avisó por teléfono al cantante Víctor Yturbe, *el Pirulí:*

—En una hora pasamos a cobrarte.

—No —dijo *el Pirulí* con la voz atorada en el tabique nasal—. No lo tengo todavía.

—*El Jefe* dijo que el último día de noviembre. Falta una hora para que empiece —y le colgó.

Los ruidos intermitentes siguieron en la cabeza del *Pirulí* cuando ya había colgado la bocina y *el Macaco* y sus hombres se ponían chamarras, revisaban los cargadores de sus pistolas, se metían en la camioneta, la encendían. *El Pirulí* se sentó en su sillón que olía a cuero nuevo para seguir viendo la telenovela *Rosa Salvaje,* sólo porque le gustaba Verónica Castro, la protagonista, aunque la historia era la misma de otras telenovelas, *La gata* y *La indomable.* Tenía grabados varios capítulos en su VCR nueva, en su sillón de masajes nuevo, con su televisor nuevo en su casa de Las Arboledas, en Atizapán de Zaragoza, donde muchos millonarios se habían refugiado tras el terremoto de la ciudad de México en 1985. Él no había llorado como Emilio Azcárraga o Zabludovsky frente a los restos de Televisa Chapultepec colapsada. Sabía del mito de que *el Tigre* había tomado una de las patas de La Silla en la que él y su padre humillaban a sus trabajadores para guardarla como reliquia. Sabía que Zabludovsky, en su trayecto hacia la televisora, había llorado en la transmisión en vivo que hizo del terremoto de la ciudad de México desde el teléfono de su auto con chofer. No él, quien había tenido que luchar por un lugar en Televisa, haciendo antesalas con su disco grabado en Puerto Vallarta, por un lugar en el programa de Raúl Velasco, quien había dicho:

—Usted canta canciones como para señoras menopáusicas.

El Pirulí no era uno de ellos, de los poderosos de Televisa, y —eso se repetía— se sintió obligado a hacer sus propios negocios. Aterrizaba su avioneta Sesna en el Aeropuerto Fiesta, inaugurado por Carlos y Amparo Franco, *los Colombianos*. Nadie lo molestaba cuando volaba de Puerto Vallarta al Estado de México con varios kilos para vender en Televisa y, luego, en El Marrakesh. Nadie le preguntaba cómo un cantante de boleros románticos, que había perdido siete veces el Festival OTI de la Canción Iberoamericana local, podía tener mansiones, ranchos y hasta un globo aerostático. En uno de esos viajes, con el también cantante Enrique Guzmán y su guardaespaldas, Manuel Santos, se habían elevado en el globo tanto, en tantos sentidos, que acabaron aterrizando contra un cable de alta tensión. El único que murió quemado fue su guarura. Tiempo después, al recordar la escena, traficando en globo para no ser descubiertos, los dos cantantes se reían, aunque, en realidad, todo había parecido, a la mañana siguiente, tan trágico. Bastaban unas rayas, unos coñacs para que todo comenzara a perder solemnidad, para que las puntas de la vida se hicieran curvas, para que nada fuera para tanto, ni perder concursos, ni que te cancelaran un concierto en Tijuana, ni que se te quemara tu guardaespaldas ante tus ojos —ese olor de la carne incendiándose—, ni que te hablaran para amenazarte por no pagar. Escarbó en la bolsa de su bata para dormir y encontró una de las botellitas que *la Pájara Peggy,* Paco Stanley y él vendían en los foros de Televisa: para salir en vivo, para cantar en un control remoto, para grabar los parlamentos de la telenovela sin equivocarte, para sentirse más chistoso en un programa cómico a cuyo productor —*la Pájara Peggy*— lo hacía reír que se les cayera encima la escenografía de cartón. Los cómicos, con las mandíbulas trabadas, hacían saltar la utilería, se decían cosas dignas de libre asociación de ideas con una velocidad ininteligible, se caían con el sabor químico en los paladares. Unas rayas, y la televisión resultaba casi un arte.

El Pirulí se sonrió para sí y se acomodó en el sillón. No había reconocido la voz del *Macaco*, pero sí sabía quién era *el Jefe* que reclamaba su dinero: Miguel Ángel Félix Gallardo. La del teléfono era cualquier voz. Quizás era la voz del *Güero* Palma o de cualquier sicario. Todos sonaban iguales. Siempre preocupados por su dinero. Pero él, Víctor Manuel de Anda Yturbe —con ese nombre tan virreinal—, *el Pirulí* —con ese apodo tan humillante—, les había abierto el mercado de la televisión. ¿No merecía eso la cortesía de esperarlo en los pagos o, incluso, que le condonaran las deudas? Él era la cara de Puerto Vallarta, de ese lugar de hoteles lujosos para lavar dinero, detrás de cuyas playas se ocultaban las pistas de aterrizaje. Y, cuando no había paso disponible, simplemente enterraban dos líneas interminables de linternas en la arena para señalarle a las avionetas por dónde llegar a tierra firme. ¿No merecía eso? Él, el que volvió a reciclar el bolero para los turistas, las ancianas, las parejas de luna de miel en yates, hoteles, piano bares, no iba a permitir ese trato. No, señor. Él se lo había ganado, pidiendo los primeros cargamentos gratis para regalárselos a los actores, a los cantantes, a las actrices, a los directivos. De él había sido la idea. De él los contactos, los pactos, la venta. Abrió un mercado de famosos. Y ahora le querían cobrar unos cuantos kilos que no había podido pagar porque se había gastado el dinero en sus casas, en sus caballos, en su rancho El Jilguero. A todos les había dicho que se dedicaba a la cosecha del nopal para exportación y le habían creído. Incluso su compadre, Raúl Velasco, le había propuesto una emisión de *México, Magia y Encuentro:*

—El nopal tiene muchos usos medicinales, Victorín —le había propuesto, acomodándose los lentes con los pómulos en esa mueca que parecía una sonrisa tensa—. ¿Por qué no lo filmamos en tu rancho de Puerto Vallarta?

—Porque si filmas esos nopales, nos meten a la cárcel a los dos.

Pero todo eso cuesta. No pagar y querer hacer tu propio negocio. Pero si el mercado era de él. ¿O qué pensaba *el Jefe de Jefes*?, ¿que él podía entrar a los pasillos de Televisa a vender? ¿Él, Félix Gallardo, un inmundo ranchero de Jalisco que ni siquiera pronunciaba bien el español y que andaba a salto de mata desde que los de Sinaloa quisieron un pedazo de sus operaciones? Se necesitaba clase para eso: las botellitas discretas en los camerinos, en los baños de foros, teatros, sets. No el bloque liado con *masking tape*. Y luego, conseguir un coñac barato con etiquetas falsas para que los compañeros "se estabilizaran". Tenías que vender el paquete como chic, como exclusivo y hasta como propio del mundo de las estrellas. Unos pegues con moderación, aunque a las tres de la mañana todo mundo trajera la nariz llena de polvo blanco con gotas de sangre en las camisas, en los escotes.

Víctor Yturbe, *el Pirulí*, se estaba sirviendo un coñac cuando sonó el timbre de la puerta. Miró el reloj en su barra adornada con fotos de él junto a Raúl Velasco, Rocío Durcal, Julio Iglesias, José José, Marco Antonio Muñiz. Eran las 12 en punto. Envalentonado, abrió con un:

—Les dije que no lo…

Vio el cañón de la pistola en la cara y subió la mano derecha para protegerse. La bala nueve milímetros se la atravesó. Sintió el repentino quemón en la piel y la sangre escurrir casi ligera. Sintió otros dos en el pecho y empezó a caminar hacia atrás. Eran tres matones con las camisas abiertas, floreadas, los cinturones de hebillas en forma de palmeras, las botas de víbora. Tomaban turnos para dispararle. Uno de ellos le dio justo en el estómago, lo que le hizo doblarse por el impacto y luego porque sintió cómo se le abría el cuerpo, cómo su mano izquierda ya estaba adentro de él mismo sintiendo un órgano que sabes que está ahí pero que nunca tocas. Trató de hablar pero tenía algo viscoso en la garganta, en la nariz. Se cayó sobre el sillón. Otro le puso el cañón de la pistola en un ojo y detonó. Para cuando recibió el tiro de gracia, *el Pirulí* ya estaba de nuevo en su infancia, vestido de charro. Montaba sus propios caballos en El Jilguero, pero, extrañamente, se veía a sí mismo de niño. Luego, sintió los esquís en Acapulco, donde hacía malabares con un barco que lo arrastraba.

Se disfrazaba de payaso y ganaba 2.50 por cada función. Y ni siquiera sabía nadar. Pero era el único trabajo que había podido conseguir. Pensó que *el Payaso Pirulí* era un buen nombre para atraer a los niños que iban de vacaciones a la playa. Fue un nombre que nunca se pudo quitar. Siempre fue muy extraño que un cantante de canciones de amor y desamor fuera, al mismo tiempo, un payaso. Lo mismo le había ocurrido a Paco Stanley, que recitaba poemas para hacer llorar a una solterona, entre chistes y albures. Había sido su destino compartido: jamás serían tomados en serio. Y hasta el tráfico, por un tiempo, les había resultado chusco: iban a Puerto Vallarta, llenaban la avioneta y regresaban cantando. El polvo compraba casas, pianos, especiales en la televisión, ranchos. Se reían de ello. Así de fácil. Su primer disco había sido producido por el dueño del Hotel Posada Vallarta, Guillermo de la Parra, esposo de una de las guionistas de telenovelas más lacrimógenas, Yolanda Vargas Dulché. Para su voz habían compuesto *Puerto Vallarta,* cuya letra decía: "Esos recuerdos están clavados como un ancla dentro de mí". Y, de nuevo, Víctor Yturbe se vio como un niño vestido de charro, aunque sintió que se hundía un poco más en la arena. Ya no se daba cuenta de que se desangraba en un sillón de su casa de Las Arboledas, aunque lo sabía. Hasta que, de pronto, ya no lo supo más.

La despedida de Víctor Yturbe, *el Pirulí,* fue el 30 de noviembre de 1987, en la funeraria de Sullivan, con el féretro cerrado. Las balas habían sido de 9 mm y expansivas. Quedaba poco de él. Hasta ahí llegaron Raúl Velasco, Marco Antonio Muñiz y el guitarrista de casi todos sus discos, Chamín Correa. Un reportero de *El Universal* recordó las palabras de su última entrevista:

—Daría todo por vivir otros 50 años, en paz.

Tenía 51.

Paco Stanley, su socio, no asistió. Tampoco *la Pájara Peggy,* Humberto Navarro. Desconectaron teléfonos, se encerraron con amigos en casas de campo. Uno en Cuautla. El otro en Cancún. Uno de sus ejecutores, *el Macaco,* pide perdón por él, nueve años después, en la Basílica de Guadalupe. Había tirado la pistola con la que le disparó. Ahora tiene decenas más y ametralladoras, AK-47, una Colt con cacha de ónix con una palma labrada en diamantes, obsequio de cumpleaños del *Güero* Palma. Engancha sus dedos en oración por todas las ejecuciones, por todas las apretadas de gatillo, por todos los cráneos volados, por toda la sangre salpicada, por no saber qué entrañas eran las que le salían a sus víctimas tras cada detonación.

Recuerda otra, *el Macaco,* en 1985 y pide perdón. Una fiesta de Televisa en una casa de Las Lomas de Chapultepec. El ánimo era, según entiende ahora *el Macaco,* para lavar las penas por el derrumbe de las instalaciones durante el terremoto de ese año. Desde la terraza donde estaban los cómicos y cantantes que hacían *La carabina de Ambrosio,* Humberto Navarro, *la Pájara Peggy,* lo vio tratando de entrar a la fiesta y le hizo una señal con la cabeza al guardia de la entrada. Ya adentro, *el Macaco* ubicó al novio de la bailarina brasileña Gina Montes. Tenía órdenes del general Durazo de convencer al novio de Gina Montes de que la dejara, para que "ella abriera las puertas" a su amor no correspondido. El general Durazo sufría, salivaba, irrigaba, desde la cárcel, por esas piernas que se agitaban ante su vista durante los primeros y últimos 40 segundos del programa cómico que producía y animaba *la Pájara Peggy.* Al número 89 de la calle de Granada llegó *el Macaco* esa noche del viernes 4 de octubre. Habló con el novio de Gina Montes, un músico de las orquestas que tocaban en los programas de Televisa.

—Mi general está esperando una visita conyugal de tu ex novia —le resumió.

—¿De cuál ex novia? —le reviró el músico.

—De la que acabas de dejar —*el Macaco* sacó la pistola.

Así eran estas cosas: un ruido en la cabeza que apaga las palabras. Un ruido que, incluso, acalla los disparos. El músico cayó a la alberca, mientras todos los invitados corrían a guarecerse detrás de enredaderas y muebles, o a los baños; con los brazos abiertos, la sangre de la cabeza diluyéndose en el cloro de la alberca. *El Macaco* miró fijamente a Gina Montes, que tenía las dos manos en la boca, sus cejas depiladas y vueltas a dibujar con un delineador, sus pestañas postizas.

—Avisada —le advirtió y tiró el revólver a la alberca.

Pero no había resultado: Gina Montes desapareció y el general Durazo purgó su condena con visitas conyugales compradas, anónimas, de nombres irreconocibles. Nadie que saliera en la televisión, lo que al general le parecía una forma de la excitación: un cuerpo admirado por millones.

El Macaco reza por él, por el general, y por nosotros.

Atrás de él hay otro personaje piadoso. Simboliza los esfuerzos de Televisa por acercarse a la cultura: un reclamo de las universidades, los escritores, los artistas, durante años. Esa relación comenzó justo cuando la Universidad Nacional estaba en huelga. La habían estallado los trabajadores y algunos académicos el 20 de junio de 1977 por el reconocimiento de su sindicato y un contrato colectivo. Y Televisa se ofreció a transmitir clases extramuros para reventar la huelga de sus trabajadores. El acuerdo entre la Universidad y la Televisión se hizo en un elevador de carga de Televisa a finales de 1976, cuando había comenzado el conflicto laboral. Por un error, el elevador se abrió en el piso de Noticieros, que, en esos años, todavía dirigía el escritor Paco Ignacio Taibo I.

—¿Me puedo subir? —preguntó el autor.

—Yo no viajo con subalternos —le contestó Azcárraga Milmo abrazado del rector de la Universidad, Guillermo Soberón.

—Pues vas y chingas a tu ma —alcanzó a decir el asturiano bajito, encargado de la redacción de las noticias, pero la puerta del elevador se cerró.

Paco Ignacio Taibo I bajó las escaleras y, cuando se abrió el elevador en la planta baja, completó:

—Dre.

Ese día renunció sellando en el reloj checador la hora de su adiós. Nunca pudieron despedirlo: él renunció, como un trabajador más, a pesar de que venía dirigiendo los noticieros incluso antes de la fusión entre los O'Farrill y los Garza Sada con los Azcárraga. El 17 de octubre el escritor diría a la revista *Proceso:*

—Lo dramático es que Televisa representa a un importante grupo de presión y aparece a diario con ocho o 10 horas de información en la que defiende los intereses de su grupo. Yo le pregunto al gobierno si ahora aceptaría que la dirección de todos los periódicos quedara en manos de una sola persona. Esto estremecería a la opinión pública y, sin embargo, la creación de Televisa no estremeció a nadie.

Pero la escena —una mentada de madre de un escritor al dueño absoluto de la televisión mexicana— marca el intento de Televisa por sentirse culta, universitaria. Con las clases extramuros —*Introducción a la Universidad*— Televisa colabora a la entrada del *Negro* Durazo al frente de la policía para golpear, violar y detener a los trabajadores sindicalizados, a quienes sus noticieros llamaban "delincuentes". Lo habían hecho antes, en 1958, en 1968, ocultando información. Con Echeverría la cosa aún seguía: en 1976 dieron por buena la intervención del gobierno en un periódico cooperativista, el *Excélsior* de Julio Scherer, Jorge Ibargüengoitia y Octavio Paz. Unos meses después, Televisa sintió que podía sustituir a la Universidad Nacional con programas como: "Historia de los neandertales" o "¿Creación: divina o evolución?" Fue un desastre. Con los líderes sindicales aún en prisión, denuncias de violación sexual por parte de decenas de universitarias contra la policía del *Negro* Durazo, Televisa pensó en abrir un canal cultural. Y el que le dirigió el discurso al presidente López Portillo para inaugurar *La alegría de la cultura* por Canal 9 no fue un directivo de la televisora, ni un vicepresidente, ni un administrador: fue un "jefe de piso", un *floor manager,* Maximino *Chimino* Chávez. La comida en la que Televisa anunciaba su entrada a la cultura estuvo animada por la cantante Daniela Romo, el grupo juvenil Timbiriche y un lanzacuchillos gringo. El presidente López Portillo, sus secretarios de Gobernación y Comunicaciones y su hermana, Margarita, que se encargaba de la censura, oyeron ese lunes 18 de enero de 1982 cómo *Chimino* relataba la nueva aventura cultural de Televisa:

—Esto es lo que siento que le ha pasado a la televisión en estos cinco años: hemos tenido un magnífico director, usted, señor presidente, y hemos tratado todos de colaborar para hacer un buen programa. Cuando lo vi en la televisión, señor presidente, sentí una gran esperanza y una gran confianza que había perdido; volví a tener la esperanza de que nos sacara a todos del hoyo que había al final del sexenio pasado. Ahora, al pasar estos seis años, veo que mis esperanzas, las esperanzas de todos, no fueron en vano. Como usted sabe, porque lo sabe todo, el sábado 23 de enero se abrió un nuevo canal en el sistema: el canal cultural de Televisa, en el que por ahora nada más vamos a estar de las 19 a las 24 horas, porque es un experimento; pero si sale bien, a lo mejor antes de que nos despidamos de usted México tendrá un canal cultural y será el primero del mundo patrocinado por una empresa comercial.

"La alegría de la cultura" no duró. Maximino *Chimino* Chávez vio cómo, en pocos años, el "canal cultural" pasó a ser "El canal de la familia mexicana". Azcárraga Milmo definió el cambio así:

—Aquí sólo tenemos dos unidades: la Nacional y la Familiar. Aquí no existen terroristas, ni guerrilleros, ni secuestradores. Tampoco maricones.

En 1993, con el presidente Carlos Salinas de Gortari, Azcárraga había endurecido su posición frente a la cultura:

—México es un país de una clase modesta muy jodida, que no va a salir de jodida nunca. Para la televisión es una obligación llevar diversión a esa gente y sacarla de su triste realidad y de su futuro tan difícil. La clase media, la media baja, la media alta. Los ricos, como yo, no somos clientes, porque los ricos no compramos ni madre. En pocas palabras, nuestro mercado en este país es muy claro: la clase media jodida. La clase exquisita, muy respetable, puede leer libros o la revista *Proceso* para ver qué dice de Televisa. Éstos pueden hacer muchas cosas que los divierten, pero la clase modesta, que es una clase fabulosa y digna, no tiene ninguna otra manera de vivir o de tener acceso a una distracción más que la televisión. Ustedes nunca han visto un aparato de televisión en la basura, nunca. Yo les juego lo que quieran. ¿Cuándo han visto un aparato de televisión en la basura? Históricamente se considera que la cultura existe nada más en los libros, que ésta significa muchas cosas excepto telenovelas, porque éstas carecen de calidad y hasta vergüenza da hablar de ellas. Lo importante, en este caso, es que la gente que enciende un aparato receptor lo hace de manera voluntaria. Entonces, puede escoger lo que se le chingue la gana. La respuesta que tenga es mucho más importante y verdadera que cualquier reconocimiento cursi que pueda haber, sea el Oscar, los premios de Cannes o toda la mierda que existe. Lo que vale es cuando uno se enfrenta a un auditorio de millones de personas y éstas deciden sintonizar algo que, además de alegría, les ofrece un entretenimiento sano, y que les brinda satisfacción interna. Eso es la televisión, y entre muchos esfuerzos realizados, el más importante dentro de Televisa, curiosamente, es una telenovela que se llama *Los ricos también lloran*. Para que vean que yo, siendo, habiendo nacido rico, también lloro.

Cuando un reportero le preguntó qué relación había entre que la gente sintonizara sus telenovelas y el hecho de que no había otra cosa que ver en la televisión, Azcárraga sólo dijo:

—La gente a la que no le gustan los monopolios es porque no tiene uno. A mí me encantan.

Y Maximino *Chimino* Chávez junta las manos en la Basílica de Guadalupe. De la aventura cultural de Televisa conserva un recuerdo: un cartel promocional donde el poeta Octavio Paz hacía pareja con el profesor Memelovsky de la telenovela infantil *Odisea Burbujas*. El rostro del poeta recortado al lado de un cómico para niños que remedaba a Einstein. Al evocarlo, *Chimino* se sonríe de lado.

* * *

Han terminado *Las mañanitas* a la Virgen. Ya es 12 de diciembre de 1996. Las luces se apagan. Los cantantes, actores, actrices, conductores, cómicos, salen de la Basílica rumbo a las camionetas de Televisa. Adentro, en penumbras sólo interrumpidas por veladoras, los peregrinos de siempre, los pobres que llegan con las rodillas sangradas, los que se autoflagelan con cuerdas de yute, los que lloran por un milagro, se quedan entre el humo de los sahumadores con incienso y copal. Y esa nube de humo se los traga, los engulle, y los borra. Como si se los comiera una enorme ballena.

INTERMEDIO

El edificio frente al que estamos, Chapultepec 18, es hoy Televisa. Pero, en un inicio, un 18 de septiembre de 1943, Azcárraga Vidaurreta, el concesionario de la RCA Victor en México —el perro hipnotizado y mudo ante el fonógrafo—, pensó en una ciudad para su estación de radio, la XEW. La ciudad se llamaría Radiópolis. La idea de qué hacer con ese enorme terreno —6 160 metros cuadrados— en el extremo de la colonia Doctores fue cambiando hasta el 12 de enero de 1952, cuando se inauguró como Televicentro. Con seis pisos, tres teatro-estudios para 600 personas cada uno, 18 foros y una torre de 50 metros que, sumada a la altura misma del edificio, daba un nivel para la antena de 75 metros desde el que los técnicos podían ver Avenida Chapultepec, Balderas, y mandar señales desde ahí a lo que siempre fue una aspiración: América Latina. Este edificio tuvo, también, un mural en la fachada que da a la calle Río de la Loza. En mayo de 1960, el locutor Paco Malgesto (Rubiales) entrevista a Jorge González Camarena, autor del mural que existió en Televicentro en la fachada que daba a Río de la Loza.

—Refleja ese mundo fantástico que sucede adentro de esta casa de locos. Está compuesto por un camarógrafo, el productor y el director de audio. En los frisos interventanales es el nombre de Televicentro, luego viene el deporte, desde las caminatas de nuestros indígenas prehispánicos, la música y el baile representados por una sirena, teatro y cine con las escenas de amor, una vampiresa, el *Loco* Valdés, el drama emocional, para finalizar con el suspenso. El siguiente friso está dedicado a las noticias, en los planos intelectuales de las ideas. En el más alto de los frisos están las ciencias y las artes, para tener en el centro el signo de la televisión, porque Televicentro es ahora el centro de la cultura.

Ese mismo año, Televicentro está de fiesta. Por un decreto de Adolfo López Mateos, promovido por el secretario de Gobernación, Gustavo Díaz Ordaz, la radio y la televisión "dejan de ser prestadoras de un servicio público y pasan a ser prestadoras de un servicio de interés público". Lo que esa abstracción legaloide quería decir era que la televisión podía decidir, sin intervención de ninguna autoridad, las tarifas de publicidad, y hacer discrecional a quién se le vendía el tiempo al aire y a quién se le negaba. Además, las concesiones para las empresas de televisión se otorgaban para un lapso de 30 años.

El autor del mural que se fue cayendo a pedazos en cada sismo de la ciudad de México, hasta quedar exterminado el 19 de septiembre de 1985, era Jorge González Camarena, hermano del ingeniero que echó a andar la televisión a color desde su estación, el Canal 5, que se fusionaría, tras las presiones del presidente Luis Echeverría, con Televisa y el Canal 4 de los O'Farrill. El pintor tenía en esa época una amante, Victoria Dorantes, quizás una de las mujeres más vistas en la historia del México posrevolucionario: en la portada de los 400 millones de libros de texto de historia, civismo y ciencias que se repartieron con su rostro entre 1962 y 1972 gratuitamente a todas las escuelas del país, ella era La Patria. Morena, hierática, envuelta en una túnica blanca, cobijada por un águila con la inevitable serpiente en el pico. Sus pechos apenas se alcanzaban a distinguir bajo la sábana, pero los niños de la generación de la televisión quedamos expuestos a la mestiza rimbombante que llevaba la bandera nacional en la mano derecha y un libro en la izquierda.

Pero esa mujer, en la vida real, era La Otra Patria: casada con el capitán Mario Rojas Hisi, a los 18 años se había hecho la amante del pintor González Camarena. Los dos hombres de su vida la maltrataban. El capitán Rojas Hisi, guardaespaldas en una época del regente Alfonso Corona del Rosal, fue el encargado de reportar al Estado Mayor Presidencial de Gustavo Díaz Ordaz durante la matanza de los estudiantes en 1968. Es la firma del capitán la que se ve en la tarjeta que dice: "Desde el Pent House [sic] del número 1301 del piso 13 del edificio Molino del Rey, en el conjunto Tlatelolco, el teniente Salcedo está a cargo de repeler el ataque de los estudiantes. El departamento en cuestión es de la cuñada del secretario de Gobernación, licenciado Echeverría, y su nombre es Rebeca Zuno de Lima. En el piso 12 hay tres departamentos alquilados para el mismo operativo".

Así que La Patria estaba casada con el capitán. Pero también era la amante y modelo del pintor. Fue su obsesión en los años sesenta y la pintó en innumerables murales, incluyendo el de la fachada de Televisa, donde es una corredora indígena. No obstante su obsesión, González Camarena prefería estar casado con Jeanine Barré de San L'eau, una francesa que daba fiestas a los artistas más cotizados en su casa de la calle de Havre. Sin importar los pleitos de telenovela de Televisa entre los amantes, la modelo y el pintor —"Divorciémonos y casémonos. No dejemos que las convenciones maten nuestra pasión"; "Te juro por lo más santo, por mi madre, que este mes le pido el divorcio"—, González Camarena no estaba dispuesto a abandonar a su esposa legal y rubia por una frondosa tlaxcalteca nacida en un pueblo que ni siquiera aparecía en los mapas: San Agustín Tlaxco. Como en toda la cultura oficialista difundida en murales, libros de texto gratuitos y, ahora, por la televisión, lo indígena era utilizable como afectación, siempre separada, mantenida en lo oscurito. Una amante.

Ya sin los murales de González Camarena, la fachada de Televisa es anodina y contundente como el poder mismo. Para ella, todos somos Victoria Dorantes: pobres idealizadas que nunca se logran casar con el pintor rico y "de mundo" (conoce Tuxtla Gutiérrez); jodidos cuya simpatía es pelearse por una torta en una vecindad; menesterosos que aceptan los concursos más humillantes por una licuadora; deportistas que sólo tienen talento para explicar sus derrotas: "Hicimos nuestro mejor esfuerzo, pero desafortunadamente los resultados no se nos dieron". Así nos ven los que están adentro.

Lo que veo desde afuera es un edificio cuadrado cuya fachada ha sido adornada con agujeros, con martillazos rotundos, uno en cada década: en 1971 Televisa funda con las televisoras de Pinochet en Chile, Videla en Argentina y Franco en España, la Organización de Televisión Iberoamericana y su Festival OTI de la canción. De niño solía ver esos concursos de cantantes en español sin atinar a desentrañar que estaba fundado sobre puras dictaduras. La diversión estaba en ver quién volvía a perder, porque hasta eso era un monopolio: siempre los mismos compositores, los mismos cantantes, la orquesta de Chucho Ferrer, el coro de Los Hermanos Zavala. Siempre Raúl Velasco. En mi casa, su programa, *Siempre en Domingo* fue rebautizado como "Siempre lo mismo". El poder invasivo de Televisa siempre ha contenido ese descrédito. Al concurso lo llamábamos "El Festival OTE". Pero el poder televisivo avanza en la siguiente década, otro martillazo, otra invasión: el 10 de octubre de 1980 la Secretaría de Comunicaciones y Transportes del presidente José López Portillo anuncia el despegue del "Señor de los Cielos", el satélite Iluicahua que "atenderá los horarios estelares de las frecuencias televisivas". Y, tan sólo tres años después, Televisa busca sustituir a la Universidad Nacional inaugurando un canal cultural, el 8, de donde habían salido una década antes Luis Manuel Pelayo, *Chespirito,* Los Polivoces, para integrarse al Canal 2. Con algo más que torpeza, el vicepresidente de Televisa, Miguel Alemán Velasco, explica así la invasión de Televisa hacia la Universidad:

—Es la alegría de la cultura. Nosotros vamos a entretener para educar, mientras que el Estado debe educar para entretener.

El 7 de junio de 1973, el mismo vicepresidente de la televisora nos había recetado otro aforismo a una pregunta expresa de una reportera sobre si las telenovelas eran el "nuevo opio del pueblo":

—Sí, es opio, pero del bueno.

Me recuerdo de niño viendo telenovelas, acostado de panza sobre la alfombra: me gustaban las actrices con sus pantalones ajustados, sus escotes, sus labios rojos, las sonrisas perfectas. No recuerdo ninguna trama porque siempre era la misma: *La Cenicienta,* por decreto del productor Valentín Pimstein. Lo que sí memoricé fue la sensación enclaustrada de todas las telenovelas: diálogos interminables en sofás, oficinas, restoranes. Una sensación de claustrofobia en la que las intrigas se desarrollaban sólo mediante secretos, rumores, mentiras. A pesar de hacer una televisión para amas de casa, la idea de trama en Televisa siempre expresó mejor cómo ella misma actuaba en política, en su relación íntima con el Partido y el presidente: lo secreto, la intriga, el favor, el chantaje. Todo enclaustrado, todo en lo oscurito. Discrecional, porque somos una empresa privada antes que un servicio público, con sus juzgados propios, sus reglas internas, sus reglamentos de 300 páginas donde se detallaba el lugar desde el que debían transmitirse los partidos de futbol y las tomas prohibidas: cuando los jugadores se escupían, cuando hacían gestos obscenos, cuando se quitaban las camisetas para celebrar un gol.

Televisa se ha congelado en 1968 en su idea de los que estamos acá afuera. Después de la matanza de los estudiantes y por órdenes del secretario de Gobernación, Luis Echeverría, Televisa inaugura el noticiero *24 Horas,* con Jacobo Zabludovsky. Félix Cortés Camarillo define en abril de 1983 esta orden presidencial: "Nuestro proyecto informativo se ha basado en la mexicanidad de la óptica noticiosa". El patriotismo como forma del ocultamiento.

No existe más La Patria. Nosotros la llevamos, en un catafalco, sobre los hombros.

ESTADIO AZTECA

El Azteca medía 46 metros. Tenía cinco recámaras y un costo de 11.4 millones de dólares. Emilio se lo había encargado a George Nicholson después de que el otro yate, *Paraíso,* se hundiera el 20 de agosto de 1989, en Blue Hill, en las costas de Maine. Cuando el agua entró a chorros por la popa, Emilio llamó por su teléfono satelital a su piloto, Jorge Rodríguez Benson, para que lo rescatara. Abandonaron la embarcación y volaron hasta la ciudad de México, donde un helicóptero lo recogió para llevarlo a Televisa. Una vez ahí, se encerró en su oficina y llamó a Nicholson:

—¿Cuánto necesitas para construirme una réplica del *Paraíso*?

Hasta ese verano de 1989 Emilio pensaba que los yates significaban la vida. Cada uno simbolizaba traspasar la muerte: el suicidio de su hija, el fin de sus matrimonios y noviazgos, el avance de lo que estaba por venir. Pero el naufragio lo puso a pensar en la muerte. A los 60 años había tenido tres infartos, cáncer y todavía cojeaba de la pierna derecha. ¿Qué buscaba? Primero, ser el dueño total de Televisa. Segundo, regresar a su origen, a Estados Unidos, y conquistarlo. Último, decidir su propio fin. En 1989 fue la primera vez que pensó en el suicidio como una forma digna de salirse del mundo. Azcárraga Milmo siempre había buscado la salida del mundo. Le fascinaba volar, navegar, los viajes espaciales, los extraterrestres. Lo que más le entusiasmaba de la televisión no eran sólo las actrices guapas, el poder de diseñar la verdad, o encumbrar y deshacerse de todo, sino sobre todo los satélites. Cuando sus locutores, Pedro Ferriz

Santacruz y Zabludovsky, hablaban de los viajes interestelares, él se quedaba callado pensando en una salida de esta tierra, de este planeta; que se jodan todos, yo me salvaré. Emilio quería salirse. Conquistar la muerte, hacerla suya: en sus aviones, en sus yates, disfrutaba de la idea de que lo que se movía no era él con su embarcación, sino el resto del paisaje. Esa ilusión de inmovilidad era también de inmortalidad. Por eso pagaba sobrecostos para construir edificios, estadios, basílicas, yates, embarcaderos. La sensación de inmovilidad lo hacía sentir seguro y poderoso. Era la contraparte de esa idea tan asentada en el espíritu mexicano: la fragilidad de la vida que siempre está a punto de extinguirse. Emilio Azcárraga Milmo sabía que la eternidad es inmóvil.

El salinismo de los noventa lo había finalmente alcanzado; esa etapa en la que los empresarios mexicanos —protegidos por sus gobernantes— creyeron que el mercado global sería suyo. Casi todos fracasaron. Azcárraga Milmo no lo quería ver como una derrota, pero había perdido 100 millones de dólares en una idea absurda: un periódico en inglés que sólo tratara de deportes. Se había llamado *The National* y todos los periodistas gringos que consultó le dijeron lo mismo:

—Es absurdo —le dijo, por ejemplo, el editor del *New York Post,* Peter Price—. Los aficionados en Estados Unidos se informan de los resultados en los diarios locales. O ven los partidos por la televisión.

—Pero debe de haber una afición a equipos nacionales —se acarició el mechón blanco—. Como aquí el América.

—Pues no hay tal. La afición es mucho más compleja que en México. Además, para tener los resultados de los deportes en California, Nueva York tendría que esperar tres horas para cerrar la edición. Es demasiado esfuerzo y dinero en algo que la gente no necesita.

—Bueno, pero yo siempre he sabido venderles cosas que no sirven para nada. Como decía mi padre: nosotros vendemos aire —dijo Azcárraga algo molesto.

Peter Price tomó la perilla de la puerta para salir de la oficina de Azcárraga y pudo ver un papel con una leyenda: "Hay dos versiones de cada historia. La tuya me vale madres". Price lo entendió porque estaba escrito en inglés.

Un año cuatro meses y 100 millones de dólares más tarde, *The National* cerró sus oficinas en Nueva York. Para desquitarse, Emilio se compró un yate todavía más grande: 74 metros con un hidroplano para salir huyendo si llegaba a encallar. El nombre que le puso dejaba ver sus frustraciones con Estados Unidos: le puso ECO, como la cadena continental de noticias en español que había naufragado en Miami.

Entre 1991 y 1993 Emilio logró, de la mano del presidente Carlos Salinas de Gortari, su objetivo: controlar, con 47 por ciento de las acciones, la propiedad sobre Televisa. Si iba a ser una televisora global, debía tener una sola mano detrás. La suya. El 21 de enero, después de las vacaciones de Azcárraga entre sus yates, O'Farrill y Alemán vendieron sus acciones y se fueron de la televisora. Alemán quería ser gobernador de su estado natal, Veracruz. O'Farrill simplemente estaba cansado de lidiar con *el Tigre*. Sólo quedaba su hermana Laura, con 26 por ciento de las acciones de Televisa, heredadas de su marido Fernando Diez Barroso.

La ocasión ameritaba una invitación formal. Emilio convocó al presidente Salinas a la casa de Televisa en la playa de Pichilingue, cerca de Acapulco. Ahí podrían estacionar el yate chico de 46 metros. El presidente llegó tres horas tarde y encontró a un Emilio hosco, algo tomado, sin camisa. Para Salinas era 1993: estaba en la punta de su popularidad con el mote que su secretario de prensa había inventado, "el Gorbachov de América Latina", el que había vendido las televisoras del Estado por 650 millones de dólares, el que había exterminado a su opositor, Cuauhtémoc Cárdenas, ligándolo a una imagen de violencia, intolerancia, y sectarismo. Para Salinas era 1993: llegaba a los pueblos sin luz y a una señal suya con los brazos levantados hacia el cielo, se encendían los focos, las luminarias.

El presidente hacía la luz. Y todo eso se transmitía por la televisión de Azcárraga. Apenas siete meses antes, el 23 de febrero de 1993, Salinas había adquirido una deuda de honor con Emilio. En una casa en Tres Picos número 10, en Polanco, los ricos del país habían asistido a una reunión para "donar" fondos para la campaña del PRI. Azcárraga reportaba tener cinco mil millones de dólares, Carlos Slim, el beneficiario de la venta de los teléfonos, casi cuatro mil millones, y los demás, un poco menos de dos mil millones. Salinas había llegado a las nueve de la noche en punto y su anfitrión, Ortiz Mena, había dado la bienvenida. Después, el secretario de Finanzas del Partido, Miguel Alemán Velasco, había hablado de la necesidad de apoyar con dinero la campaña presidencial: unos 500 millones de dólares. De inmediato, Roberto Hernández, el beneficiario de la venta de los bancos a los "bolseros", se había levantado, como en una subasta, para ser el primero en la fila:

—Yo ofrezco a mi Partido 25 millones de dólares.

Aplausos, algunos inciertos.

Emilio se levantó del sillón, se alineó las solapas y dijo:

—Todos hemos ganado mucho dinero en este sexenio del presidente Salinas de Gortari, creo que tenemos con él una deuda de honor. Me comprometo a dar 70 millones de dólares y espero que me sigan todos los presentes. Se lo debemos al presidente, al Partido, y al país.

Esa noche, el Partido salió con una donación total de 750 millones de dólares. Salinas sabía que esa generosa oferta le costaría mucho, pero la aceptó con apretones de mano, palmadas de omóplatos, sonrisas bajo el bigote. Vio a los ojos de Emilio y supo que tendría, algún día, que corresponderle.

Siete meses después, Salinas llega a Acapulco y comienza el regateo con un comentario sobre la nueva televisora "desincorporada" apenas en agosto, es decir, con la competencia de Televisa en canales abiertos que significó la venta de la televisora del Estado a un particular, Ricardo Salinas Pliego, dueño de tiendas de electrodomésticos:

—Está bien que se la hayas vendido a ese otro Salinas —le responde Emilio rascándose el vello cano del pecho.

—No es mi pariente —sonrió Salinas y los ojos se le hicieron más chiquitos.

—Está bien. No tiene idea de cómo hacer televisión. Lo único que sabe es vender licuadoras en abonos. Cuando aprenda, nosotros ya tendremos el mercado global de la televisión en habla hispana.

—Le puso Azteca a la nueva televisora, ¿eh? —Salinas podía ser muy irritante—. Viene con todo. Lo "azteca" siempre ha sido de Televisa. Y ya se los quitó —se sonrió socarronamente el presidente.

—No me importa. No va a poder contra medio siglo de experiencia.

Y empezaron a hablar de millones de dólares y venta de acciones. Ése era el salinismo: una ilusión de que los monopolios protegidos desde siempre podían competir en el mundo. Salinas entregaba las empresas a los privados con exenciones de impuestos y facilidades inauditas para que, durante años de gracia, no compitieran en suelo mexicano. Lo que le interesaba era que se lanzaran sobre el mercado global, que financiaran al Partido, que le fueran leales. El presidente Salinas de Gortari era un padre que protegía y consentía, que le hablaba por la televisión a un pueblo que vivía de nuevos motes: seremos socios de la Principal Potencia Económica, ya no heredaremos las deudas "a los hijos de nuestros hijos ni a sus hijos", seremos ricos nada más ocurra "la derrama" —esa idea de que si los ricos eran todavía más ricos, empezarían a rebalsar sus copas y, de las gotas, se beneficiarían los pobres—.

—Hace unos meses tú necesitabas 500 millones de dólares. Te los dimos con propina y con mucho gusto. Ahora yo necesito mil millones —le acabó soltando Emilio.

—¿Tanto cuesta la parte de tu hermana?

—Setecientos cincuenta.

"La Deuda Alameda" fue producto de esa tarde de septiembre de 1993. Mil millones que Emilio no podría pagar ni en 1993 ni al año siguiente cuando su amigo el presidente tenía ya una guerrilla mediática en Chiapas, un candidato asesinado a cuadro en Tijuana y una crisis económica provocada porque nadie quería pagar sus créditos, porque el salinismo se había acabado por su punto más débil: la ilusión se desvanece en segundos. Y los empresarios sacaron sus dólares del país, escandalizados por la inestabilidad. Los mil millones de dólares para Emilio llevaron a quien se los prestó, por cabildeos del presidente Salinas, a un comunicado: "Banamex se declara, a partir de esta fecha, insolvente".

Había comenzado la larga crisis de 1995.

Pero, a finales de 1993, Emilio había celebrado la compra de todas las acciones de Televisa con otra boda, una más, con la veracruzana que había concursado por el título Miss Universo en 1989, Adriana Abascal. Su encuentro había sido en 1991 en la oficina de Víctor Hugo O'Farrill, donde la actriz Salma Hayek se la había presentado así:

—Ésta es la mujer que necesita todo hombre, don Emilio.

Y no cejó hasta tenerla. Un año después, Emilio tomó la decisión de nombrarla Directora de Telenovelas Históricas. Ahora que se acuerda, se ríe de su decisión, que hizo exasperar a todos los productores. El mismo O'Farrill le renunció. Salma Hayek también se fue:

—¿A qué vas a Estados Unidos? ¿A que te den papeles de criada? —le reclamó Emilio por teléfono, pero ella ya se había ido.

Así que en la Navidad de 1993, en la isla de St. Thomas, Emilio se quedó con la concursante de Miss Universo. En la madrugada de la boda, Emilio salió de su camarote a reclamar el escándalo que estaban haciendo en cubierta las amigas veinteañeras de su nueva esposa. Al ver que se atacaban con chorros de champaña, como si fueran pilotos de Fórmula Uno, entendió que estaba cansado, que la vida se le iba como un hielo entre los dedos y azotó la puerta de su camarote-recámara. Le puso el cerrojo, se ajustó los tapones para los oídos y trató de dormir. Era dueño de Televisa, pero demasiado tarde. Todo se le había escapado, persiguiendo fantasmas, acosado por las deudas, por las derrotas, por su padre, por los caballos, por los yates y la sangre azul. Cerró los ojos y soñó que estaba enterrado bajo el mar, en una trampa de arena, rodeado de peces que le nadaban frente a su nariz con absoluta indiferencia.

Columpiado por la marea en su yate, Emilio hacía cuentas de sus pérdidas. Estados Unidos lo había rechazado vez tras vez, acusándolo de ser un monopolio extranjero. Él, a quien México siempre lo dejaba indiferente, con sus formas barrocas hasta para pedir una taza de café. Él se sabía más texano, alcanzando con sus propias manos la misma taza de café. ¿Para qué pedirla? Pero los gringos en las cortes, en las negociaciones, siempre le eran adversos. Ni su cadena de noticias hispana, ni su periódico deportivo en inglés, ni sus telenovelas eran apreciadas fuera del territorio donde se sentía protegido. Lo más que llegó a ver del mercado global eran los *ratings* de su actriz vetada, Verónica Castro, en Rusia e Italia. "La Castro", como se refería a ella con crueldad genital, le había robado el dinero de un contrato en Argentina sobre el que Televisa debía recibir el 90 por ciento. La había perdonado, tras años de veto, y ahora protagonizaba la telenovela *Pueblo chico, infierno grande,* pero ya había envejecido y los papeles de jovencita le quedaban tan apretados como una mala cirugía plástica. O esa otra cantante o actriz, Thalía, que había sido la amante de Alfredazo Díaz Ordaz, hijo "rockero" del ex presidente, recibida como jefa de Estado en Filipinas. Los festivales de la OTI habían servido para vender discos y cantantes, pero estaban agotados por reclamos de corrupción en las decisiones del jurado. Igual había pasado con los concursos de belleza, con el *Señorita México*. ¿Qué le quedaba de la aspiración de pertenecer al mercado global? Raúl Velasco equívocamente disfrazado de mandarín chino en una transmisión grabada en Japón. Zabludovsky haciendo un reportaje, en un pésimo inglés —*How much costs?*—, sobre las fritangas en las calles de Hong Kong y comparándolas con "la pancita".

Pero las principales derrotas habían venido del futbol. Desde el mismo estadio que Emilio se había empeñado en construir y que casi lo había llevado al embargo.

La mañana del 29 de mayo de 1966, Emilio se despertó temprano. Llegó al Estadio Azteca y aspiró el olor del pasto recién regado. La gente había empezado a llegar a la inauguración desde las 11 de la mañana. Era el mediodía. Emilio no usaba reloj. El tiempo era para los mediocres, para los pobres, para los que tenían que llegar a checar un reloj. Éste era su estadio, su huella en el país, su marca, el rasguño del *Tigre*. Pero esperó y esperó. El presidente Díaz Ordaz había quedado de inaugurar el estadio a las 12, y dos horas después no había llegado. Preguntó la hora, pidió que lo comunicaran con Díaz Ordaz, quien fue llegando, de mal humor, los lentes empañados por el calor, a las 12:20 de la tarde. La mente de Emilio emigró a otro mayo, casi 20 años después, en 1983, cuando se decidió que México, es decir Televisa y su Estadio Azteca, fuera la sede del mundial. De inmediato tuvo una junta con el arquitecto de la Basílica y del Estadio Azteca, Pedro Ramírez Vázquez:

—Quiero que el logotipo del Mundial de Futbol sea Televisa.

—Es posible —le respondió detrás de sus inocentes lentes el arquitecto.

El logo oficial de la justa deportiva de México 86 fue un balón de futbol que unía a los dos hemisferios del planeta en una red de rayas, al puro estilo de la marca de Televisa. El productor, con 10 cámaras en la cancha, con una idea del estadio como centro de transmisiones, fue Luis de Llano. En 1983, recordó Emilio meciéndose en su yate —el sonido de los talones de Adriana Abascal en la cubierta—, no había nada que detuviera a Televisa en las transmisiones del futbol para todo el planeta. Pero, para variar, todo había empezado a hacer agua. O tierra.

El 19 de septiembre de 1985 el centro de la ciudad de México se había colapsado en un terremoto. La antena de Televisa se había desplomado sobre el edificio de Chapultepec 18 y había matado a una decena de trabajadores que a las 7:19 minutos de la mañana transmitían sus noticieros, mezcla de boletines de la presidencia de Miguel de la Madrid y chacoteo del mundo de los espectáculos.

—Ah, caray —dijo al aire Lourdes Guerrero, la conductora.

Juan Dosal, el de los deportes, hizo un amago de levantarse para salir corriendo. Lo último que transmitió Canal 2 fue la enorme lámpara del foro meciéndose con violencia. Después, nada, el polvo, la estática, el apagón, las pantallas en negro.

Emilio llegó hasta la televisora destruida y mandó instalar un escritorio en el patio, entre las ruinas. Uno a uno convocó a los trabajadores a que no se arredraran. La fila de empleados de Televisa en medio de los derrumbes, saltando piedras, cuidándose de no encender cigarros en medio del olor a gas, se formó para firmar algo que parecía una recontratación. Los trabajadores leían la hoja escrita a máquina mecánica y la firmaban o no.

—Eres un pinche maricón —les decía Emilio, con un casco de minero, a quienes no querían firmar su acta.

Y a las mujeres:

—Eres una pinche putita.

La hoja a firmar decía:

"Me comprometo a entrar a Televisa, S. A., Chapultepec 18 bajo mi propio riesgo, sabiendo, de antemano, que las instalaciones no son seguras."

A ojos de Emilio, lo que se había venido abajo ese día no era sólo la televisora fundada por su padre —a los grupos de Monterrey les quedaba, intacta, la instalación de San Ángel—, sino la idea de un mundial de futbol en paz y para ganar mucho dinero vendiendo la publicidad de las cervecerías, de la Coca Cola y de los nuevos rollos de película Kodak —"un nuevo color azul"—, además de los derechos de transmisión al resto del mundo. Con la ciudad en ruinas, era difícil seguir adelante con una Copa Mundial. Así que Emilio llamó a Guillermo Cañedo. Él era todo lo que necesitaba Televisa, pues había sido vicepresidente de la empresa y ahora lo era de la Federación Internacional de Futbol. Cañedo era justo la pieza que Emilio buscaba en un momento en que, quizás, el presidente De la Madrid dudara en seguir adelante con una Copa Mundial, con una parte de la ciudad arrasada. Cañedo era un genio del convencimiento. Había logrado, por ejemplo, inventar una subdivisión de las regiones futbolísticas, sólo para que México calificara siempre en las eliminatorias del futbol: la Concacaf, que aprovechaba que en el Caribe sólo sabían jugar beisbol; en Estados Unidos, futbol americano y basquetbol, y que Centroamérica estaba en guerra civil permanente. No había forma de que México no calificara a un mundial y eso creaba la sensación de que era imbatible, al menos en eso: en el futbol. "El Gigante de Concacaf", le llamaban los comentaristas deportivos de Televisa. Para conseguir este mundial de futbol para México, Cañedo había tenido que derrotar al promotor de la sede en Estados Unidos, un tal Henry Kissinger. Por eso, desde una línea improvisada en medio de las ruinas de Televisa, Emilio le llamó a Cañedo:

—Convence al presidente de que este terremoto debe tomarse como una oportunidad para, qué sé yo, exaltar las ganas, el esfuerzo, la determinación para salir adelante. No nos vaya a salir con que siempre no hacemos el mundial. Llevamos miles de millones gastados. Necesitamos recuperarlos. Dile que no sea jotito, que le entre, chingao.

—La idea de sobreponerse es la que necesita el presidente. ¿Qué tal: "México sigue en pie"? —propuso Cañedo.

—México sigue en pie o en "balón pie". Véndeselo. Dile que hay posibilidades de que México gane el mundial, que tenemos una selección de poca madre.

—A Argentina y a Brasil. A Alemania. No les ganamos ni vestidos de mariachis.

—Me vale madres. Tú dile eso y que se ponga su mejor traje porque este mundial se inaugura en el Estadio Azteca, aunque haya que tapar las ruinas con bardas de anuncios de cerveza.

Y es gracias a esa decisión que la música de los comerciales durante el México 86 dice con toda falta de realismo: "Este campeonato lo vamos a ganar".

El presidente De la Madrid llegó al comienzo del Mundial México 86 con la ciudad destruida y habiendo negado que México necesitaba ayuda internacional. El Estadio Azteca, lleno desde las 11 de la mañana, se había soplado los entretenimientos de Televisa: el grupo juvenil Timbiriche y la cantante Yuri. El Estadio Azteca, lleno, había recibido al presidente con una rechifla de ocho minutos que no cedieron ni siquiera con las 21 salvas y el canto del himno nacional. Atrás de él, asustado, molesto, incómodo, el regente de la ciudad de México, Ramón Aguirre, quien había dicho en las primeras horas después del terremoto:

—Me da gusto decir que hay sólo 19 presuntos ciudadanos colapsados y algunas redes de agua [sic].

No importaban los esfuerzos que Televisa había hecho para enseñar a hablar al regente de la ciudad —le habían asignado al escritor Juan José Arreola para "culturizarlo"—, ni las canciones, ni los bailarines. Ese Estadio Azteca silbándole a un presidente en transmisión a 120 países vía satélite era un agravio para Televisa y, al verse a sí misma, para el país entero. Emilio, ahora lo recuerda con cierta sorna, se tomó la frente pensando en que si suspendían el sonido directo y lo abrían sólo para los discursos de su empleado Guillermo Cañedo, Rafael del Castillo, vicepresidente del Comité Organizador y Joao Havelange, presidente de la Federación de Futbol, el truco iba a resultar un tanto burdo. Las críticas a todo lo que fuera el mundial de 1986 estaban a la orden del día. A Emilio nunca le importaron los periodistas, pero sí la gente. Y aquí tenían un estadio repleto que se organizaba, por primera vez, para silbarle a la autoridad y que, extrañamente, lo hacía también para hacerse presente, lejos de la idea de que eran simples espectadores: la ola, ese levantarse con los brazos al aire y luego sentarse, para simular una marea dentro del estadio. Esa afición le preocupó a Emilio: se sentían más importantes que el juego que se realizaba delante de sus ojos y descuidaban la atención sobre la cancha, en los anuncios, para hacer una ola humana que hacía de cada uno de los espectadores una parte del estadio, pero sin televisora, sin comerciales, hasta sin jugadores ni selecciones nacionales. La ola de gente, sola, sin tutela, sin respeto, pero organizada. Esa idea le asustó. Pero lo único que pudo hacer fue tomarse la frente en son de preocupación y, hoy podría decirlo, vergüenza por el presidente De la Madrid abucheado durante ocho minutos. Por supuesto, México no ganó el mundial ese año de la mano de su técnico Bora Milutinovic, el serbio que hablaba un español muy aproximativo. Pero la euforia del triunfo de Argentina, de Maradona, *la Mano de Dios,* sirvió para aquilatar una nueva ordalía: ganar cualquier otro campeonato, aunque fuera juvenil. A eso se abocó Televisa desde 1986. Pero, igual, todo hizo agua.

¿Qué había sido de Rafael del Castillo, el vicepresidente del Comité Organizador del Mundial 1986? Él fue el de la idea de que México sólo podría ganar el campeonato juvenil si metían en la selección nacional a jugadores más viejos y experimentados que lo que decían las reglas. Esa idea tan mexicana: saltarse las trancas es ganar.

—Todo mundo lo hace —dijo en un desayuno con Emilio y Guillermo Cañedo—. Nadie se fija.

Y pasaron a falsificar las actas de nacimiento de los jugadores, los pasaportes, las hojas de ingreso a la educación y hasta las calificaciones, donde resultaba que los futbolistas eran genios en matemáticas. De pronto, el capitán del equipo juvenil, Aurelio Rivera, tenía siete años menos de los que realmente tenía. Otros eran dos o cuatro años más jóvenes por una decisión de que sólo se podría ganar esa copa si los jugadores eran más grandes. Pero la prensa escrita se dio cuenta. Un escándalo que no debía surgir se desplegó con un nombre que le avergonzaba a Emilio Azcárraga: "los jugadores Cachirules". Lo "cachirulo" era un invento de las primeras transmisiones de su padre en Televicentro: un cuentacuentos disfrazado de niño que anunciaba un chocolate en un programa de televisión llamado *El teatro fantástico.* Había sido una idea de la televisora el apelar a la niñez a partir de vestir a adultos como niños. Así había surgido para la televisión infantil el actor Enrique Alonso con el seudónimo de *Cachirulo* y, más tarde, personajes de Televisa como *Chabelo, Chespirito,* una enana y tantos más. Que se le dijera "cachirules" a los futbolistas con edades falsificadas era toda una afrenta para Televisa. Así que Guillermo Cañedo fue a negociar:

—Todo mundo lo hace. México acepta el castigo por haber incurrido en un fraude, pero exige que se revisen los demás casos, en las otras selecciones.

Exigir fue una mala idea aquella tarde en que Guillermo Cañedo quiso presionar a la Federación Internacional de Futbol. De no haberlo hecho, la selección juvenil sólo habría quedado fuera del campeonato de Arabia Saudita. Con el gesto prepotente, México también quedó eliminado, como un castigo ejemplar, del mundial de Italia 1990.

Emilio contaba esa ausencia como una pérdida absoluta: todo el ánimo logrado por el México 86 quedaba en un baldío sin selección que jugara en el siguiente campeonato. Millones de dólares se habían dejado de ganar. En ese 1988 México quedaba ante el mundo como un país falsificador, fraudulento y tramposo, desde el inicio: el nuevo presidente de la República, Carlos Salinas de Gortari, emergía de un fraude electoral escandaloso contra su principal rival, Cuauhtémoc Cárdenas. Televisa había ayudado a las difamaciones y silencios que lo permitieron. Pero Emilio no era un insensible. Sabía que México era, para el resto del mundo, el lugar de la farsa, el truco, la trampa, la traición. En Argentina, el presidente electo Raúl Alfonsín le dijo a Emilio:

—¿Usted sabe qué entendemos nosotros por *mexicanada*?

—No sé —respondió Emilio rascándose la barbilla partida—. Las canciones, el tequila, la muerte.

—No —le respondió sonriente Alfonsín—. *Mexicanada* es cuando matas a tu mejor amigo por la espalda.

Era natural. Si falsificaban en el deporte y en la política, ¿qué se podía esperar de los mexicanos?

Y a esa percepción Emilio atribuía sus fracasos subsecuentes en Estados Unidos. Al país de la trampa, a la televisora de las falsificaciones y los silencios cómplices, se le auscultaba cuando quería hacer negocios en el mundo. Emilio suspiró tapándose con la manta de franela en su yate. Era la único que le quedaba para tranquilizarse: Televisa era justo eso y no otra cosa: un factor de estabilidad en el país. Y si la estabilidad era perder millones, pues ya regresarían de alguna forma. Se recordó emitiendo una de sus frases célebres en Chapultepec 18:

—Si la dignidad de alguien se opone al interés de Televisa, que chingue a su madre la dignidad.

El escándalo de "los cachirules" del futbol le recordó a Emilio a ese futbolista del Puebla, ¿cómo se llamaba? Paul Moreno, sí ese puede ser. Ante la Federación Mexicana de Futbol, ese Moreno había confesado que sí, que era mucho mayor de lo que decían las actas falsificadas y su cartilla militar. Ante la prensa, Moreno hasta se permitió un chiste:

—Están hasta falsificadas mis calificaciones de la secundaria. Según éstas, soy un genio en física, matemáticas y química. Entonces, ¿como para qué me dediqué al futbol?

Emilio montó en cólera. El 10 de junio de 1988 Moreno iba a ratificar ante la Federación de Futbol su denuncia de falsificación de documentos. Fue entonces cuando Emilio llamó a su chofer, Jesús Ramírez Sánchez, *Chuchito,* para usarlo, una vez más, en asuntos delicados:

—Vete a ver a este reintegro de futbolista y hazle una sola pregunta: "¿Qué es más importante: tu pinche dignidad pendeja o la de un país entero?"

Paul Moreno recibió al chofer de Azcárraga en la puerta de su casa a medio construir en Salamanca, justo el pueblo donde Raúl Velasco obtuvo su primer empleo como miembro del sindicato petrolero. El chofer de Emilio se bajó del auto con lentes oscuros y echó una mirada al zacate seco del jardín. Cuando entró a la casa de Moreno vio con sorpresa que, en lugar de sala, había construido una alberca de cemento con una barra integrada en uno de los costados. Chupar en la alberca, el sueño del deportista.

—Qué elegante —dijo *Chuchito* con sorna.

Moreno no lo sabía, pero *Chuchito* era, además del chofer del dueño de Televisa, el que cada mes salía con un portafolio para pagar las multas en las que incurría la televisora. El asunto era burocrático: cada mes Televisa violaba la ley que acotaba las horas de publicidad que un medio de comunicación podía transmitir, y debía pagar multas por ello. Pero lo que recibía por publicidad era casi mil veces lo que costaban las multas, así que Emilio enviaba cada mes a su chofer con un maletín de dinero para pagarle a las arcas del gobierno. Pero, a veces, el chofer servía para llevar mensajes personales. Éste era el caso con Paul Moreno el sábado 9 de julio. La ciudad de México, a tres días del fraude electoral de Carlos Salinas de Gortari, estaba tomada por las protestas; pero en Salamanca, salvo una manta de los trabajadores petroleros en la entrada de la refinería, las cosas parecían tranquilas. Moreno hizo pasar al chofer de "don Emilio". La televisora había protegido a los ahora llamados "cachirules", pero no así la prensa escrita y la televisión pública, Imevisión, que cinco años después sería vendida por Salinas a otro Salinas. Por un momento, Moreno pensó que le iban a ofrecer dinero por su silencio, pero la charla empezó por otro lado:

—¿Cómo se llama la nena? —dijo el chofer viendo a la hija de Moreno en un bambineto.

—Rosa Angélica.

—No te pregunto cuántos años tiene, porque no sabes. Ése es tu problema: se te confunden las fechas y las edades.

Ahí fue cuando Moreno supo que lo que venía a continuación no iba a ser un cheque sino una amenaza. Su impulso fue tomar a la bebé entre sus brazos. La despertó y empezó a llorar. Así que el resto de la charla fue con un llanto de fondo:

—El Señor no quiere que usted ratifique mañana la denuncia ante la Federación. Piensa que este escándalo le hará daño al país.

—No es mi culpa. El daño lo hicieron quienes falsificaron las actas y las cartillas del servicio militar.

—¿Sabes quiénes son? ¿Vas a dar sus nombres?

—No lo sé. Es la propia Federación.

—O sea que mañana, un domingo que deberías pasar con tu esposa, tu hija, tu papá, ¿lo vas a desperdiciar en declarar ante una Federación que ya sabe que falsificó tu acta de nacimiento y tu certificado de secundaria?

—Es mi deber —le tembló la voz a Paul Moreno.

—No va a servir de nada denunciar una falsificación ante quienes la cometieron, ¿no? El Señor piensa que tu deber es con el país, no con tu conciencia. A nadie le interesa tu puta conciencia.

—Han hablado mal de mí, de mi familia, del club...

—Nosotros no. Al contrario: los hemos protegido, porque este escándalo le puede costar al futbol mexicano lo que habíamos ganado en el mundial de 86.

—Alemania nos eliminó porque Bora, en lugar de convocarme, puso al *Abuelo* Cruz.

—No, la eliminación no fue culpa del técnico. Fue la falta que cometió Hugo Sánchez.

La charla se estaba yendo hacia una discusión de futbol.

—Como sea: mañana tengo que ir a ratificar mi denuncia.

—No seas pendejo, René —le dijo a Paul Moreno, conociendo su nombre de pila del acta de nacimiento—. En todos lados hay "cachirules". Todas las selecciones juveniles los tienen. Tampoco es que seas el héroe de la verdad. La verdad, opina el Señor, es cuestión de encuadres. Lo que sale en pantalla.

—Pero a mí me importa mi dignidad.

Y ahí fue cuando el chofer hizo una versión de lo que su jefe decía habitualmente:

—Si tu dignidad se opone al país, que chingue a su madre tu dignidad.

—Mi dignidad no tiene precio.

—Ni tú te crees eso —se rió el chofer e hizo el signo de "la franja", del hombro izquierdo al iliaco derecho, el emblema del club del que había salido Moreno. Ese gesto era sinónimo de pedir sobornos: "Coopera con la del Puebla", decían los policías y los burócratas, para no decir el más conocido: "Podemos arreglarnos".

Y Paul Moreno jamás se presentó a ratificar su denuncia. Al siguiente mes, cuando el chofer de Emilio cerraba el maletín para ir a pagar las multas por rebasar los topes de publicidad, recibió un gesto inusitado en las manías y costumbres de su jefe: una palmada en la nuca. Era el máximo reconocimiento que daba *el Tigre* a un trabajador que le satisfacía. A los otros, los subía a La Silla.

Pero, de todas formas, recuerda Emilio meciéndose en su yate de 74 metros en las costas de Florida, el futbol mexicano fue castigado con no participar ni en la olimpiada de Seúl ni en el mundial de Italia. Televisa perdió millones: a la mayoría de los aficionados no les interesaba ver torneos en los que su equipo nacional no estaba. La canción de la cervecería en sus anuncios de 1986 con una modelo española contenida sólo por una camiseta recortada le retumbó: "Chiquiti-bum-a-la-bim-bom-bam. Este campeonato lo vamos a ganaaaar". Después de la eliminación de México de ese mundial, la palabra *ganar* había sido reemplazada por el más anodino *disfrutar*. Pero en 1990 la Selección Mexicana de Futbol había hecho algo peor que perder: había sido eliminada de antemano por trampas. Emilio chasqueó la lengua e hizo un gesto de desdén al aire. El futbol, Estados Unidos, los presidentes, los terremotos, todo se empequeñece al pensar en su propia muerte. El oncólogo del Gamma Knife Institute de Miami se lo ha dicho:

—No hay nada humano que podamos hacer.

En Coral Gables los 201 rayos gamma al cerebro del dueño de Televisa no habían servido de nada. Lo inservible, lo incurable, lo que no tiene vuelta, lo irreversible, lo definitivo.

Emilio se sube a su yate y prepara entonces su despedida. Lo que le retumba en la mente es la sombra del magnate de la aviación, Howard Hughes. Se habían conocido en junio de 1959 en Acapulco. Hughes, ávido y elegante, iba del brazo de la glamorosa actriz Olivia de Havilland. Emilio buscó a alguien que se los presentara. Como el festival de cine de Acapulco era de los hoteleros, buscó a Miguel Guajardo, pero éste le advirtió:

—Hughes es un poco extravagante: no te va a dar la mano, porque le tiene terror a los gérmenes.

Emilio estaba más interesado en Olivia de Havilland, quien, en su recuerdo, sería siempre la Melanie de *Lo que el viento se llevó*. Finalmente, en un coctel en El Fuerte, la conoció en un vestido que era, a la vez, un traje de baño casi transparente en cuyo escote unas flores rojas bordadas anunciaban y ocultaban lo que había debajo. Cuando le preguntó por qué estaba sola, la actriz sólo le respondió sorbiendo de su martini:

—Howard está en su cuarto. Se asoma para vigilarme por esa rendija —dijo señalando una cortina negra apenas entreabierta.

—¿No le gustan las fiestas?

—Lo que no le gusta es la gente.

A partir de ese día Emilio comenzó a escuchar los rumores sobre Howard Hughes en lo alto del Desert Inn de Las Vegas o del Princess de Acapulco: los cuartos eran idénticos, viajaba con la misma cama de hospital a todos lados, bebía sólo leche, no quería ver el sol, comía sándwiches, almacenaba su orina. Lo que en un principio parecía una locura no lo era ahora para Emilio, al menos no del todo. ¿Qué era lo único que le faltaba al hombre más rico del mundo? El tiempo. Y Hughes había hecho todo por suspenderlo: no usaba reloj, ni sabía qué día era, ni dónde estaba. Para él Las Vegas y Acapulco eran el mismo cuarto oscuro donde proyectaba, una y otra vez, sus mismas películas de aviones de guerra. Con sus manías había logrado detener el tiempo y vivir todos los días como si fueran el mismo día. A Emilio se lo había contado su amigo el doctor Víctor Montemayor, el último en ver a Hughes en Acapulco antes de que se lo llevaran a Texas en su avión. Lo que le describió fue un hombre desmayado, en los huesos, sin dientes, con un pijama que parecía más un hábito de monje.

—El cuarto en el Princess estaba lleno de ayudantes, de enfermeras, de pilotos, de guardaespaldas. Y les pregunté: ¿este hombre cuánto lleva inconsciente? Tres días, me dijeron. Tres días, Emilio, y nadie había hecho nada por él. Estaba desnutrido, consumido por una enfermedad de los riñones, oliendo a meados, con los ojos hundidos en el cráneo. Nunca se me va a olvidar, Emilio. Llegué a las seis de la mañana del 5 de abril de 1976, y lo que vi fueron las ventanas del cuarto tapadas con telas negras, el aire enrarecido, y el hombre más rico del mundo desmayado sin que nadie hiciera nada. Hughes era adicto al Válium y a la codeína, así que se la pasaba inconsciente casi todo el tiempo, dormido. Por eso, a sus asistentes no les pareció urgente llamar a un médico mientras estaba dormido. Pero, yo te lo digo, Emilio, a ese hombre lo mataron unos ayudantes que no lo ayudaron.

Hughes murió adentro del avión que lo llevaba de Acapulco a Houston, pero Emilio entendía qué era eso de tratar de controlar el tiempo: el último obstáculo. Él había hecho lo propio casándose con una Miss Universo de 20 años, practicándose algunas cirugías para lucir igual a como él mismo recordaba; pero, más importante, ya no saber dónde estaba exactamente, en cuál de las riveras, en qué muelle, si en Nueva York o en Europa o en Las Bahamas. Pero Emilio no quería morir como Howard Hughes. Tendría una última aparición en su televisora, con sus empleados, y le heredaría la cúspide a su único hijo varón, el que había engendrado con Nadine Jean y al que no veía con frecuencia. Habló por radio a la marina con su piloto Rodríguez Benson y le ordenó que volaran hacia Los Ángeles una cámara para grabar el último anuncio, el ocultamiento, su desaparición sin dejar huellas.

Se encontraron el 3 de marzo de 1997 en el frío y anodino recibidor de su yate en Malibú, con un cuadro inmenso comprado por su ex mujer, Paula Cussi, y pintado por alguien que Emilio ya no recordaba, una mesa de cristal, un florero al fondo y el teléfono blanco en la pared. En un estrecho sillón los dos Emilios Azcárraga, padre e hijo, desconociéndose; en dos sillas tensas, Jacobo Zabludovsky y Guillermo Cañedo White. Lo que debía tardar seis minutos 47 segundos se convirtió en una grabación de cuatro horas, en las que Emilio, cansado y enfermo fuera de toda esperanza, se desmayaba, se le trababa la lengua, decía incoherencias. A su alrededor, Cañedo, Zabludovsky y Emilito, como le decían a su hijo, se desesperaban, querían terminar de grabar para irse de regreso, con nuevos puestos, a Chapultepec 18. *El Tigre,* después de cuatro horas, logró decir:

—Quiero que Televisa se renueve en sus filas y quiero hacerlo yo mismo.

—¿Se retira usted completamente? —le pregunta Zabludovsky.

—Tengo interés por los satélites. No he decidido por qué rumbo. Televisa me quita mucho tiempo.

—Una transición tranquila…

—Dos cosas —dice Emilito, su hijo—: esta empresa se formó con una filosofía y con la gente.

—El entretenimiento de las clases bajas populares —lo interrumpe su padre—. No es que no nos interesen los ricos como nosotros —le tiembla la voz a Emilio—, sino que esta televisora es para que se sientan orgullosos los pobres de México.

—Hemos tenido —se agacha Zabludovsky— un gran capitán de este barco en el que estamos todos.

La escena abrió el noticiero de esa noche: tensos los nuevos dirigentes de Televisa, se daba por terminada la era de Emilio Azcárraga Milmo, la del "soldado del presidente", como él mismo la había denominado, la de las colecciones de arte que se acumulaban en las bodegas, la del terremoto que había destruido Chapultepec, la de los mundiales de futbol, los yates, las mujeres, los escándalos, las deudas, los proyectos fallidos en Estados Unidos, las críticas y resoluciones judiciales en contra del monopolio, la apertura de una competencia que él consideraba de medio pelo llamada TV Azteca, las telenovelas de 200 capítulos, los concursos de canto, belleza, azar.

Pero nada de eso importaba cuando Emilio volvió a navegar en su yate durante el mes que le quedaba de vida. Pensaba en Howard Hughes. El "Maestro del Tiempo" había faltado a un requisito final: controlar su propio desenlace. Emilio lo iba a hacer y empezó a planear todo para ese día. El último día. La sola idea le aterrorizaba. ¿Cómo sería el último día? ¿Cómo sería morirse? Emilio creía en la cienciología, en que toda energía se dispersa de nuevo en el cosmos, como los satélites chatarra que circundan el planeta, como polvo espacial. A su manera creía en un dios que era extraterrestre, Xenu, el dictador de la Confederación Galáctica, pero también se sentía guadalupano, católico y hasta evangelista: entre los libros que se llevó a su último día estaba *Fuerza para Vivir,* que promocionaba el futbolista Francisco Javier *El Abuelo* Cruz. También se llevó *Tiempo Nublado,* de Octavio Paz.

—Daría cualquier cosa por entenderlo —le dijo a su piloto, manoseando el ensayo sobre la crisis de la democracia en el mundo.

Recordaba todavía el enojo del poeta cuando en 1986 un cartel de Televisa puso su rostro al lado del profesor Memelovsky, del programa infantil *Odisea Burbujas.* En ese entonces se preocupó, ahora le daba risa. A Paz le había ido mal: se le había incendiado la biblioteca de su departamento en Reforma, sus libros dedicados por André Breton, por Pablo Neruda y Gabriela Mistral, incinerados. Enfermo, el presidente Zedillo le había encontrado a Paz acomodo desde enero de 1997 en La Casa del Sol en Coyoacán, donde 200 años antes el historiador Lorenzo Boturini celebraba cada 21 de marzo el hecho de que en ese patio colonial no se proyectara sombra alguna. Emilio sabía que Octavio Paz se había vuelto simple como todos los enfermos terminales: disfrutaba de que lo sacaran a tomar el sol. Esa sensación de calorcito era mucho más importante para el poeta que su cara en las monedas de 10 pesos, que el Nobel, o siquiera que ser visitado por el presidente Zedillo que le empujaba la silla de ruedas. Tomar el sol, a eso se reducía la existencia del poeta que, desde

Televisa, había hablado de todo: desde arte hasta religión, desde política hasta Sor Juana Inés de la Cruz. Emilio lo consideraba uno de los hombres más listos que había conocido. Y pensó en llamarle para hablar del sol, pero no podía distraerse en nimiedades. Debía preparar su propia muerte, avasallar, por fin, al tiempo. Fue entonces cuando le llamó al doctor Borja. Recordaba una charla con él en el palco del Estadio Azteca, durante el intermedio de un partido en el que el Club América perdía dos a cero contra su eterno rival, Las Chivas del Guadalajara. Emilio se sentía enojado, decepcionado de sus jugadores, y decidió hacer lo que siempre en esos casos: ignorar el partido y conversar con sus invitados.

—Muchos de estos cabrones —comenzó— parecen enfermos terminales. ¿Hay un doctor en la casa que los libre de una buena vez de su miseria?

El doctor Borja levantó la mano.

—¿Usted, doctor? ¿Y qué método usaría? ¿La burbuja de aire en la vena?

—No —sonrió Borja—. Yo usaría cianuro de sodio.

—¿Qué es eso, doc?

—El veneno que usaba Cleopatra. Imagínese, don Emilio, qué compuesto magnífico: al cianuro de sodio lo usamos para separar el oro de otros metales y, también, para matar.

—No, pues a estos cabrones —sostuvo Emilio señalando sin ver la cancha del Estadio Azteca ese invierno de 1996— no les va a salir oro; pinche raza de bronce.

Intrigado por aquel compuesto mágico del doctor, Emilio se acercó a él en su siguiente encuentro, en una aburrida gala del Ballet Folclórico Nacional en el Club de Industriales. Después de recordarle aquel intercambio en el Estadio en el único palco privado que todavía quedaba —por las deudas de la televisora, en lugar de los palcos ahora había pistas de baile—, Emilio fue al grano:

—¿Y usted haría algo así por un paciente? Inyectarle la cosa del oro en la sangre para que muriera?

—Dependería del cuadro del paciente. Hay veces en que es mejor desistir de la vida para evitar sufrimientos innecesarios.

—Ah, todos son innecesarios, ¿no, doc?

—No, de algunos sacamos fortalezas, pero de otros sólo tragedias.

—¿Y usted lo haría si alguien como yo se lo pidiera?

—¿Está usted enfermo, don Emilio?

—No, es un "supongando", como dice *Chespirito*. ¿Lo haría?

—Si yo fuera su doctor, lo que usted me pida, don Emilio.

Chocaron las copas de tequila y vodka, y volvieron a sus asientos. Emilio en un reservado, el doctor Borja en la zona de invitados normales. Tiempo después, Televisa lo contrató como médico de planta para el Consejo de Administración.

El 13 de abril de 1997, Emilio abordó solo su yate de 74 metros, el ECO, estacionado en el muelle que él mismo había ayudado a construir frente a Wall Street. Por un instante recordó el corte del listón de la tijera del alcalde de Nueva York, Mario Cuomo. Al lado, el ex actor John Gavin. Al entrar a la cabina de mando, manoseó dentro de su saco la agenda. Llevaba ahí el teléfono del doctor Borja. En la otra bolsa del saco llevaba el estuche que contenía el último fragmento de la silla de madera en la que él y su padre solían humillar a sus empleados, sin importar si eran famosos o no. Además del nombre, "Emilio", era ya lo único que los unía. Le dio una parca indicación al capitán:

—Rumbo a Miami y avísame cuando estemos en aguas internacionales.

Emilio deseaba morir por su propia voluntad, en el aire, en el agua, en lo que transcurre sin nosotros, como Howard Hughes, es decir, en el territorio de nadie, en su propio tiempo, en su propio espacio.

Azules como acero y ligeras, movidas por un viento contrario suave y apenas perceptible, las ondas del Caribe habían corrido al encuentro del yate ECO, donde Emilio descansaba, lánguido, en eterno pijama de seda púrpura, a la espera del médico con una jeringa crucial. Emilio nunca leyó a Hermann Broch, pero su Virgilio era uno que rebotaba entre las olas zalameras del Caribe; jamás rudas, a veces de frentes huracanados. Partió desde Nueva York a Miami, pero hizo una pequeña escala en la isla Saint Thomas, donde se había emborrachado incontables veces, casado, extinguido y exiliado de sí mismo en una de esas fiestas que tardaban semanas en llegar al amanecer. Ahora sabía que todo "tardaba", es decir, que no duraba como algo que se aspira a que continúe sin extinguirse, sino como algo de lo que hay que deshacerse. Más que construir, lo que Emilio había hecho durante dos décadas era desechar. La permanencia nunca había sido su meta. Él quería, más bien, deshacerse de cosas: las mujeres, los amigos, los enemigos, los parientes; las pinturas, al museo; los satélites, al espacio; las horas transmitidas, al olvido. Las amantes, los hijos, los yates, no le significaban ya nada sino como lastres tirados al mar. En el ECO, Emilio se sintió liberado de todo ello, ligero, azul, bamboleado por las olas del mar. ¿Qué era lo que quedaba después de tanto desecho? Sin duda no eran sus miles de millones que reportaba la revista *Forbes* y el mote del "hombre más rico de América Latina". Tenía deudas equivalentes, inversiones perdidas, un dinero que jamás se veía ni sentía, sino que sólo se hablaba: se depositaba, se prometía, se escurría como el agua. Se levantó de la cama y deambuló con dificultad por los camarotes, por la cocina, la proa, el helipuerto. ¿Qué había sido de él? ¿Cómo se le recordaría? Sin duda, por Televisa. Su expansión había sido algo que su padre jamás, siquiera, hubiera imaginado. Ni en sus peores pesadillas. Una televisión satelital. Una televisión que inundó con tiempo al resto de los países de habla hispana. Una televisión que hizo del *Chapulín Colorado,* del *Chavo del Ocho,* de *Rosa Salvaje,* de las cantantes, del futbol, una marea que invadió al continente. Pero él no era esa historia. Él era quien se había desecho de ella. La había abandonado, después de encararla y escupirle: "La tele para los jodidos". Pero esa marea no era él. Sus críticos decían que Televisa no era un medio de comunicación sino una oficina de la Presidencia

Imperial. Y eso, nuevamente, no era él. Había dicho que era el "soldado del presidente", pero tampoco era del todo cierto. Había negociado con seis de ellos y jamás se había doblegado por gusto, sino por interés. Era un jugador. Había apostado con los millones, con los proyectos, con las promesas, siempre disfrazadas de caras bonitas, cuerpos implantados, minifaldas y escotes. Pero, al final, había hecho una imagen del México imposible donde los pobres que vivían en botes de basura eran simpáticos; las cantantes sin voz eran exitosas; el pase en el área chica, una epopeya sólo en los labios de los comentaristas; los concursos, un drama actuado, porque todo mundo sabía que, en el fondo, estaban arreglados; la apariencia, algo más importante que el paso del tiempo. Había hecho de la mentira una actuación de millones de espectadores. Eso era él, ya habiendo desechado sus millones, sus yates, sus mujeres, sus arrebatos. Un mago de la mentira. Una mentira barata. Una mentira única porque así siempre lo había querido: una televisión sin competencia. Sólida, unívoca, alineada, leal al capricho en turno. Así se le recordaría. Pero él, en el yate bamboleando entre las olas, no era siquiera eso. Los millones no le servían para detener los dolores de cabeza, el páncreas inflamado, las inflexiones involuntarias de su lengua, los equívocos: cuando una bolsa de basura era llevada por el viento, él creía por unos instantes que estaba lloviendo. Esa distracción. Esa mentira. La cabeza le estaba jugando ahora a él una mentira, un juego de vaguedades. Tenía una Televisa dentro de su cerebro y desconfiaba de cada uno de los signos que le enviaba. Percibía que se estaba extinguiendo y eso era un drama de telenovela: se daba cuenta del declive de su memoria, de su lengua, de su capacidad para reaccionar. Se movía lento dentro del yate y muchas veces con esforzada dificultad. El tiempo se le venía encima, en los hombros, en las piernas, en la mirada, en la boca. El tiempo. Siempre había sido su enemigo. Llenar las 24 horas de cada día y seguir, y seguir adelante en las siguientes 24 horas como si nada estuviera hecho, como si todo fuera, más bien, desechable. Ésa era la maldición de toda televisora: nunca terminaba, siempre seguía y seguía, aun en las madrugadas, como la luz eternamente encendida en medio de la oscuridad, como la reiteración sorda de lo desechable. Ese hoyo que entre menos tiene más grande es. Ese excavar sin ton ni son, todos los días, hasta la extinción. Esa extinción que no llega nunca. Ese transcurrir de los días y los años, de las décadas y los siglos, sin que la televisión se apague nunca. Nunca. Nunca.

Y ese cansancio.

Rumbo a la isla de Saint Thomas Emilio voltea a ver el cielo y piensa en el espacio ajeno, frío y oscuro. Piensa en satélites. Piensa en la vida en otros planetas. En la televisión no hay grandeza, hay un simple negocio: vender publicidad, vender mentiras, vender deseos, aspiraciones, milagros. Se mira a sí mismo por un instante como uno de esos milagreros que actuaban en carpas y anunciaban curas medicinales en forma de tónicos. Un *medicine show.* Eso era la televisión. Una vez levantada la mesa, con la edecán despidiéndose, al mago sólo le quedaba preguntar quién quiere comprar. Ése era él. Sin sombrero de copa, sin bigotes alargados, vendió tónicos de vida eterna, de final feliz, de unidad familiar, de unidad nacional, del "no pasa nada", de la guadalupana, toda su vida. Los espectadores tampoco le creyeron. Era un sobreentendido: yo les vendo la mentira y ellos me la compran porque no tienen otra cosa mejor que hacer. Ah, Televisa. Ese invento de la persuasión unívoca. Jamás de la seducción. Siempre aspiracional. Nunca representativa. Siempre cómo nos gustaría ser. Jamás lo que somos. No la vida compleja sino el final en una boda. Pero, en el fondo, el país, los países de habla hispana, eran Televisa: facilones, baratos, cambiando siempre su propio cansancio por tonterías desechables. Emilio nunca creyó ni en una televisora inteligente, ni educativa, ni culta. Se refería a las telenovelas didácticas para aprender a leer y escribir como "las pendejadas de Miguel Sabido", el productor, financiado por el Instituto Mexicano del Seguro Social. Su idea era simple: la gente se harta de su realidad, de su futuro ominoso, y quiere encender la tele para entretenerse. Yo los entretengo pero, en realidad, lo que quiero es venderles sueños, aspiraciones, aire. El vendedor de aire. Ésos eran los Azcárraga, desde Vidaurreta hasta su hijo, el recién nombrado, Jean, recién nombrado presidente de Televisa. Aire. Un soplo que dura, cada día, las 24 horas.

Ese cansancio.

PUFFFFF.

Un soplo todo. El dinero, las mujeres, los yates, las memorias. PUFFFF. Las transmisiones, los satélites, los especiales como cuando él había arreglado que el ex colaboracionista con los nazis, Herbert von Karajan, dirigiera el *Réquiem* de Mozart en el Vaticano; como cuando había organizado un concurso internacional de ópera, sólo para casarse en el set con una de sus mujeres. ¿Cuál era? Adriana, quizás. Se le iban borrando de la memoria, todas menos Gina. PUFFFF. Las demás eran, en orden de aparición: Pamela, Nadine, Paula, Adriana. ¿Qué importancia tenían ahora? Octavio Paz le había dicho la noche de Navidad de 1990:

—La memoria antes de morir consiste en una sola pregunta: ¿Cómo has tratado a las mujeres de tu vida?

PUFFFF.

Él se quedó mudo. No era una pregunta fácil. Las había llenado de joyas, propiedades, pinturas, caprichos. Pero realmente nunca las había "tratado". Las había desechado. Como en una lista: ésta ya, ésta ya, ésta también. Ésta falta. A sus hijas las había simplemente ignorado. De hecho tenía en mente reunirlas para pedirles perdón. Deprimido, ausente, Emilio se dejó caer en una tumbona en la popa. A ese yate se había subido un rey, el de España. Pero ¿quién se acordaba ya de eso?

Se sintió un zapador, un hombre que tira la basura, un milagrero, un mago de tónicos al que nadie le cree. A eso se reducía su vida. Y el poder. Pero el poder era como las 24 horas de la televisión: cambiaba el programa pero jamás se apagaba. No existía un *off* del poder: seguía siempre, hora tras hora, con distintos personajes, pero incapaz de extinguirse. La permanencia de la estupidez, de lo anodino, de lo gris. Emilio se deprimió mirando al cielo en la cubierta del ECO. El capitán del yate lo despertó de su letargo que se disfrazaba con un pijama de seda púrpura:

—Vamos llegando a Saint Thomas, señor. ¿Quiere bajar un rato en Charlotte?

—No —dijo Emilio decidido, encorvado, con dificultades para hablar—. Vamos hacia Miami.

Y cuando lo dijo, pensó: "Mejor ya vamos a la muerte".

* * *

Por haber muerto en aguas internacionales, el acta de defunción del *Tigre* no tiene la fecha de su extinción, 16 de abril de 1997, ni las causas. Fue levantada en la corte del condado de Dade en Florida hasta el 9 de septiembre de 2009, firmada por el doctor Aldo F. Barel. Casi ilegible, el acta de defunción contiene cuatro palabras que retratan algo sobre el muerto: "President", "Television", "Divorced", "None".

Como el cadáver de su padre, Emilio Azcárraga Vidaurreta, el de Emilio Azcárraga Milmo también viajó en un avión privado. Fue trasladado por su piloto, el general Jorge Rodríguez Benson, desde el yate ECO al Foro 2 de Televisa San Ángel, no sin antes pasar por una incineración que lo redujo a una urna de madera. Ahí, los trabajadores de *Siempre en Domingo* y de las telenovelas lo recibieron para una misa oficiada por el cardenal Norberto Rivera Carrera:

—Un gran comunicador —dijo en murmullos que salían de su boca empantanada—, un gran católico.

El nuevo presidente de Televisa, su hijo, Emilio Azcárraga Jean, al que rara vez vio, llevó la urna hasta un promontorio adornado con flores blancas y se estrenó así en un discurso atropellado, lleno de errores:

—Quiero que sepan que estoy seguros [sic] que mi papá es la ceremonia que quería tener [sic]. El patrón se fue a una cita que algún día todos vamos a tener que ir. Créanme que su rostro estaba en paz —se lleva una mano a la boca en señal de aguantar el llanto—, porque creo que sabe que vamos a sacar adelante a esta empresa, a su gente y a su México.

Los restos fueron llevados a la Basílica de Guadalupe en un helicóptero que le dio una última vuelta al Estadio Azteca. Dentro de la iglesia se dispusieron 10 cámaras de televisión que tomaban todos los ángulos de las cuatro mil personas que fueron a darle la despedida al jefe, al *Tigre*. Entre fotógrafos, actrices, cantantes, productores de Televisa, la familia Azcárraga encabezó el cortejo, seguida de todos los que habían sido parte de la televisora: los Cañedo, los Burillo, los Alemán. Hasta ahí llegó el ex abad de la Basílica, Guillermo Schulenburg, quien, se susurraba, había ido al yate a darle los santos óleos al empresario más rico de América Latina. Pero nada se sabía con certeza. Sólo que tenía cáncer, que había muerto solo en su yate más lujoso, el que tenía una mano robótica para escoger y descorchar botellas de vino, cosa que —según Emilio— había impresionado al rey de España.

El premio Nobel, Octavio Paz, en silla de ruedas, hizo acto de presencia en el funeral:

—Fue un combatiente de la comunicación y murió combatiendo.

El único que no llegó a la Basílica fue el sobrino de Emilio, el hijo de su hermana Laura, Fernando Diez Barroso. Los reporteros lo ubicaron por teléfono.

—¿Por qué no fue al funeral del *Tigre*?

—Porque no quiero ser parte del circo.

En el segundo piso del Foro 2 de Televisa se escuchó esta conversación final:

—¿Y por qué le decían *el Tigre*?

—Porque todo lo que abrazaba terminaba por sangrar.

TV

VI

El 20 de febrero de 2005 Emilio Azcárraga Jean miró por primera vez a su hijo. El heredero, la copia exacta de uno mismo, sin las variaciones raras de las mezclas posteriores. El bebé tenía todavía restos de sangre y placenta. Al igual que su padre y su abuelo, Emilio Azcárraga Jean había decidido que su primogénito naciera en Estados Unidos, justo aquí, en el 4077 de la Quinta Avenida de San Diego, California, en medio de las dos imponentes torres blancas del Hospital Scripps Mercy. Quiso estar en el parto de su esposa, Sharon, para romper lo que parecía —hubiera dicho Ernesto Alonso en alguna de sus telenovelas— un "maleficio": que los Azcárraga no atendieran a sus hijos y que éstos tuvieran que luchar para quedarse con el negocio familiar, Televisa. Al día siguiente era su cumpleaños número 37. Al ver a su hijo llorando, con los ojos cerrados, la cara hinchada, revolviéndose en la toalla del quirófano, Azcárraga Jean miró a su esposa que le preguntaba algo. Sólo podía verla mover los labios y no la escuchó hasta la tercera repetición:

—¿Cómo le ponemos?

—Emilio —dijo Emilio—, será el cuarto y éste sí heredará Televisa.

Pensó en lo definitivo.

Ser padre era muy distinto a la maternidad. A las mujeres les crece dentro el hijo, lo padecen, las antoja, les duele, les da náuseas, las patea por dentro. En cambio, ser padre es que los demás digan: "éste es tu hijo". Es, si acaso, una patada por fuera. Es una palabra.

Es algo a lo que se puede uno acostumbrar o rechazar. Esa lejanía, esa posibilidad de tomar distancia. La madre no puede hacer eso. Es lo cercano, lo que envuelve, lo que cuida. El padre puede desentenderse, evadir, quedarse callado. Ser hijo de un padre es mucho más complejo que serlo de una madre. Al padre se le idealiza cuando está ausente, y cuando no, se le perdona tras una visita, una caricia tosca en el cabello, una palmada mal dada. Ser hijo es una tarea de abandono. ¿Cómo ser el hijo de alguien a quien un país completo, un continente, recordaba como *el Tigre*?

¿Cómo ser el nieto del creador de la radio musical en México, la xew, con Pedro Infante y Agustín Lara? ¿Cómo ser el hijo del creador de la única cadena de televisión vía satélite durante décadas? Ser padre era, dentro de lo que cabe en la palabra, una decisión. Ser hijo y nieto era un lastre, un motivo de orgullo, una loza, un problema del lenguaje. ¿Quién era él? "El tercer Azcárraga", "Emilito", "*el Tigrito*". Viendo a su hijo, teniéndolo cara a cara envuelto en una toalla en la sala de neonatología de San Diego, Emilio se preguntó hacia dónde iba. Hacia dónde iban los dos. Del cine al radio, del radio a la televisión. ¿Y ahora? ¿A dónde? ¿Cuál sería su huella, su rasguño? No, no quería ser un tigre. Debía ser lo contrario. Alguien a quienes todos vieran como un amigo, sin temor, sin reverencia. Un empresario del siglo xxi que no se expandiera en todo lo que se le cruzara por el camino, como un felino, comprando empresas —hasta de cría de puercos en La Piedad, Michoacán— que no tuvieran que ver con el entretenimiento. Lo suyo era entretener. Calmar la voracidad de comprar y comprar. O, mejor, enfocarla. Dejar de adquirir empresas que poco o nada tenían que ver con la televisión. Sanear las deudas de su padre. Era el nieto, era el hijo y, ahora, él era el padre. Ese linaje. Lo definitivo. ¿Y si todo lo que le restaba al mundo fuera entretenerse? Nunca más preguntarse y responderse cosas sobre la existencia, librar combates significativos, sentir profundamente. Puro entretenimiento, de ahora en adelante. Sin profundidad aburrida, sin angustias de vida o muerte. La política, por ejemplo. ¿Qué tal que sólo fuera ya un mero entretenimiento? Una simple discusión sobre los chismes del día: que si el político, que si su esposa, que los muertos, que las amantes. La ayuda a los desvalidos. El rescate de la ecología. La historia. Tuvo ese instante de inspiración.

—Emilio —le repitió a su esposa Sharon—. Este niño será el cuarto Emilio.

Lo definitivo. La herencia que le reconoce el esfuerzo al padre pero que, para validarse, tiene que torcer su camino. Emilio, siempre estudiando *marketing,* no sabía lo que para el mago renacentista Giordano Bruno era el "clinamen": ese momento en que dos partículas iguales, en un haz de luz, chocan y desvían sus caminos. Pero tenía la intuición de que eso era ser hijo de su padre y nieto de su abuelo. Esa desviación. Una trayectoria igual y distinta a la vez. Una tradición. Y una tradición en su familia era que el padre muerto no le dejaba nunca el control de la empresa de televisión a sus hijos. Ellos tenían que ganarla. Eso era ser un Azcárraga. Ganarse al padre a pesar de él mismo. Él iba a demostrar que, contra todas las expectativas, era posible hacerlo una vez más. Su abuelo se había hecho del monopolio de la venta de zapatos bostonianos, autos y, más tarde, los "aparatos parlantes de Victor". Su padre, liándose con el poder establecido, se había hecho de las transmisiones de televisión. ¿Y él? Quién lo sabría, pero lo haría una vez más. Para su hijo. Para siempre. Eso era el linaje.

Pensó que, apenas unos años antes, había tenido su primera boda. Sharon, la madre de Emilio IV, no había sido su primera opción. En cambio, lo había sido Alejandra de la Cima. Con ella Emilio había querido ser lo contrario de su padre, *el Tigre:* casarse una sola vez, ser fiel, constante, incluso hasta la necedad, como una declaración de principios —yo no soy mi padre— y, también, como una forma de tener, por primera vez, una familia que habitar. En su primera boda le había confesado a un reportero:

—Me interesa tener una familia unida y tener un solo matrimonio. Aprendí del *rollo* del divorcio de mis papás. Me voy a morir en la raya para que así sea.

Era el 23 de octubre de 1999 en el ex convento de La Merced, en Circunvalación y Manzanares. Se recordó bailando con Alejandra de la Cima *Songs from a Secret Garden,* con el violín de Fionnuala Sherry, que habían escogido no porque fuera "su canción", sino porque había ganado el Festival Eurovisión, la versión europea del Festival OTI. Le había dado el anillo de compromiso a 10 metros de profundidad, en las costas de Nueva Zelanda:

—Disfrutamos juntos mis éxitos, cuidamos nuestros errores. Es una relación de comunicación al 100 por ciento. Es mi media naranja —siguió confesándose ante los reporteros.

Lo definitivo. Cinco años después, Emilio se estaba casando otra vez, ahora con Sharon Fastlicht, tras un cáncer mamario de Alejandra de la Cima que los había distanciado y, luego, separado. Ese día, 28 de febrero de 2004, Emilio ya no hizo declaraciones sobre lo definitivo ni sobre lo íntimo. A Sharon la conocía desde niña cuando tenía frenos y la había reencontrado, muy cambiada, durante un concierto de Lenny Kravitz en el Estadio Azteca en septiembre de 2002. Pero no se lo dijo a la prensa. Al salir de su Mercedes blanco 300 rumbo a la avenida Arteaga y Salazar, la puerta principal de la casa que su padre había comprado en el bosque de Contadero, sólo dijo:

—Me siento muy feliz. Gracias.

Había entendido que los matrimonios eran un espectáculo. Que todo era televisable, sobre todo la vida. Si su abuelo era el de los cantantes por radio y su padre el de las telenovelas, él sería el de los *reality shows,* el de la vida como encuadre. No importaba ya la trama, ni los personajes, ni siquiera las actrices. Todo era ya televisión con gente hablando, borracha, dándose de golpes porque les robaron al marido. Lo privado se había convertido, también, en un espectáculo. Era lo nuevo: la cámara de vigilancia, la actuación de la vida doméstica, las tragedias cotidianas y pequeñas que a la gente le significan todo. Si hay algo barato, eso no era la ficción, sino la existencia televisada de lo personal, de lo íntimo.

Siguiendo esa idea, Emilio decidió que su despedida de soltero fuera un evento público. En el cuarto de maquillistas de Televisa, Emilio hizo que le hicieran una cara de látex de Popeye: esos cachetes inflados adheridos a una pipa inamovible. A su esposa, a Sharon, le pusieron coletas de Oliva. Y su vicepresidente y su esposa estuvieron horas para sentir cómo es que te peguen las caras de los dibujos animados de Shrek y Fiona.

—Nunca había utilizado el maquillaje verde, señor —le dijo Conchita, la maquillista, siempre afable, siempre esparciendo rumores.

En las televisoras son las maquillistas las que saben más chismes y casi nunca fallan.

Con la despedida de soltero de Emilio la televisión había llegado a una confusión virtual entre el poder y la caricatura. La fotografía del dueño de Televisa disfrazado del marino Popeye fue portada de un suplemento del corazón en un diario nacional. Así lo quiso Emilio. Eran sus nuevos tiempos. Era la firma de su propio legado. Nada es para tanto: México es una caricatura.

Cuando lo maquillaban para convertirse de uno de los hombres más ricos de América Latina en Popeye, Emilio pensó en su boda como un espectáculo de 1 300 personas, con 16 artistas invitados, tres escenarios, fuentes con peces tropicales y una pista transparente, de acrílico, a través de la que se podía ver un arroyo. A las seis de la tarde la tarima de plástico transparente se había quebrado bajo los pies de los danzantes: políticos —el presidente Vicente Fox y su esposa, la Pareja Presidencial—, actrices, cómicos, cantantes, empresarios y algún "intelectual", es decir alguien que hablaba con sensatez sólo cuando elogiaba al consorcio Televisa. Pero el suelo de acrílico se rompió y la clase ociosa se encontró, de pronto, sin piso, mojándose los zapatos en un arroyo ficticio, como en un accidente de *reality show*. Los técnicos de Televisa arreglaron el desperfecto en media hora, justo a la hora en que los novios bailarían *Deliver me* de Sarah Brightman:

Deliver me,
Out of my sadness
Deliver me,
From all of the madness
Deliver me,
Courage to guide me
Deliver me,
Strength from inside me.

Hasta ahí habían llegado el alcalde de la ciudad de México, de izquierda, y el presidente de la República con su esposa, de derechas. Y, como siempre, los dirigentes del Partido, impecables, con la sonrisa perfecta, pendientes sólo de la hora exacta en que despedirse no resultara un insulto. Él podía reunirlos, para eso servían las bodas de Televisa. Para dejar claro que todos bailaban a su ritmo, en sus tres pistas temáticas, armadas por los productores de los teletones para niños discapacitados de Televisa: Miguel Ángel Fox y Rafael Calva. Comiendo de su mano platillos del chef Kohlmann, admirando el vestido de la novia creado por Carolina Herrera —a pesar de ser colombiana, él pronunció la hache cuando la saludó—, sintiéndose célebres porque en las mesas de junto están Emilio y Gloria Estefan, Ricky Martin y Rebeca de Alba, todos ellos célebres en esa época de la evanescencia, de la larga alegría del apocalipsis, del silencio, de los fantasmas. Un tiempo, el de la celebridad, que no es histórico como el de la fama ni eterno como el del simple anonimato. Es, más bien, evanescente. En esa marea la gente común se confunde entre la cercanía y el "haberlo visto en la tele". Se generan todo tipo de marañas. Por ejemplo, Emilio recuerda que en el funeral de su padre, *el Tigre,* Rebeca de Alba —que hoy ya no sabemos a qué debía tanta celebridad— dio autógrafos en medio del cortejo fúnebre, el luto, los llantos. La gente no sabía por qué los pedía y ella no sabía por qué los daba. De hecho, muchos de los autografiados se enteraron del nombre de la ¿actriz?, ¿cantante?, ¿conductora?, cuando leyeron los garabatos en sus cuadernos, en hojas arrancadas a toda prisa. Porque la he visto. Y ella tampoco supo quiénes eran esos fanáticos de su persona. ¿O eran fanáticos sólo de los autógrafos? Emilio sabía de esa tenue sombra en la que todo mundo está cuando se encuentran lo televisado y la realidad. Como autógrafos en un funeral. Ese juego de máscaras, de disfraces, de voces impostadas que llegan a las banquetas de las calles sólo como espectros. No pueden hacerlo de otro modo. Son ondas, son frecuencias. No por nada a las frecuencias disponibles se les llama "espectro". De Alba, como todos los que habitan alguna vez el tiempo de la celebridad, era, de muchas formas, sólo un fantasma.

Pero ahora que Emilio ve a su hijo recién nacido, Emilio, no hay lugar para los fantasmas. Sólo puede pensar en lo definitivo. En la tradición monárquica, este bebé que ni siquiera le abarca lo que va de su mano al codo será el IV. Condenado a una tradición, obligado a seguirla y desviarla. A diferencia de los otros dos Emilios de esta historia, a él le gustan los niños.

* * *

—Hazlo por los niños —les dijo a todos los anunciantes que le ayudaron a levantar el primer Teletón mexicano en 1997.

Dedicado a la rehabilitación de niños discapacitados, el primer Teletón de Televisa se había proyectado un 12 de diciembre. En vez de la Basílica de Guadalupe, el espectáculo de recaudación de millones se haría desde un foro de Televisa San Ángel y, después, casi cumplidas las 24 horas de transmisión ininterrumpida, desde el mismísimo Estadio Azteca. Ése era otro deslinde de su abuelo, de su padre. Lo más importante serían los niños discapacitados, no *Las mañanitas* a la Virgen. Sólo ahí se demostraba el poder de Televisa:

convocar a los otros medios y a miles de anunciantes. ¿Quién podía negarse a ayudar a un niño paralítico? Ya no era ir a ver el ayate del indio Juan Diego. Ahora era apreciar el yate de los Azcárraga. El Teletón no era el espectáculo de la genética con niños que no podían andar, ni hablar, ni coordinar y, a veces, ni ver. El milagro no lo iban a pedir al Cerro de Tepeyac sino al edificio de Chapultepec 18. No a la virgen que, en cuatro siglos, había fallado tanto, hasta con el abad Schulenburg. A "los jodidos" de su padre ya sólo les quedaba recurrir a Televisa. Ésa era la apuesta: ahora la televisión sería el milagro posible.

Por supuesto, como en la Basílica, la conductora había sido Lucero. Los mercadólogos de Televisa tenían medido el encanto que causaba en la gente, la confianza que se le tenía a su sonrisa, la congoja que causaba en las audiencias cuando lloraba. Emilio supervisó el montaje del primer Teletón como si fuera una de sus bodas: consistía en un escenario semicircular con dos torres de monitores donde se alternaban las marcas que lo financiaban: un pan industrial, un refresco, los bancos, las aseguradoras, los equipos de futbol de Televisa, un cereal, periódicos, estaciones de radio, marcas de autos. En el promocional, los conductores de Televisa besaban, abrazaban y cortejaban a niños en sillas de ruedas, sin control sobre sus gestos, ciegos, mudos, moviéndose como muñecos de trapo, como en un perpetuo ataque de epilepsia, como los que un tumor en la cabeza le provocaba a la única mujer a la que su padre quiso, Gina. Para ella y para nadie habían sido las últimas palabras de su padre:

—Por fin —dijo agonizante— me reuniré otra vez con *Pato*.

Al menos eso se decía en los cuartos de maquillaje de Televisa.

En los talleres de la televisora se mandaron a hacer miles de cochinitos con el logotipo del Teletón —unas manos uniéndose en oración—, con la esperanza de que la gente donara sus monedas. Los mismos productores de su segunda boda fueron los encargados de dramatizar lo de por sí trágico: el niño con parálisis que logra decirle algo con trabajos a la conductora:

—Gra-cias Tele-vi-sa.

Y entonces los aplausos, el público en el estudio llorando de pie y el contador electrónico donde se va sumando el dinero acumulado. Y la canción-tema:

> Aliviar el dolor
> dar un mundo mejor
> a quien lo necesita.
> Aliviar el sufrimiento
> responder como hermanos.

Luego, una historia conmovedora: un niño que aprendió a pintar con la boca. Nuevos aplausos, llanto, más dinero en el conteo. Ahora, cantantes juveniles llamados indistintamente Mercurio, Kabah, Jeans, Thalía. El dinero que donara la gente era sólo parte del suspenso; de antemano se tenía pactado el monto con los bancos, las empresas, los publicistas, para llegar a la meta. Emilio se veía en medio de su Teletón como alguien que salva a los que ya están salvados y condena a los que se han condenado a sí mismos. Era el nuevo poder de Televisa: ya no la invasión del *Tigre* de todo lo que se le atravesaba en su camino y aun en sus sueños, sino el espectáculo de dejar que las cosas sucedieran. Este nuevo Emilio calculaba con parsimonia sus combates. Casi ninguno valía la pena: su trama estaba decidida previamente, se le veía de lejos.

Así había ocurrido con los dos casos con los que se había inaugurado su nuevo reino en Televisa: la detención de Gloria Trevi y el asesinato de Paco Stanley. Emilio jamás intervino ni para defenderlos ni para defenestrarlos. Sólo dejó caer a los condenados. El signo de su liderazgo era dejar pasar a todos en su trayecto hacia abajo, mientras el suyo siguiera hacia arriba.

* * *

Pero este nuevo Emilio quizás jamás supo de Morelia Jiménez. Era una niña de siete años el día que Azcárraga Milmo murió arrullado por las aguas del Golfo de Florida. En contra de su nombre, Morelia había nacido en Bogotá. La habían bautizado así por la devoción que su padre, Daniel, le profesaba a "todo lo mexicano". Eso quería decir los actores y actrices del cine mexicano de la segunda Guerra Mundial, los cantantes de los cincuenta, las telenovelas y los programas cómicos de los setenta. Para él "Morelia" no provenía del nombre gentilizado de un independentista novohispano, sino de un refrito mexicano de la telenovela venezolana *La Zulianita*. En una plática normal, Daniel Jiménez podía informar de los pleitos legales entre los cómicos del Chavo del 8, de Roberto Gómez Bolaños, *Chespirito;* de los integrantes de *La hora de los Polivoces,* y cantar una canción de José Alfredo Jiménez, a quien consideraba un pariente lejano, con una botella de tequila a medio beber, un mariachi siguiéndolo por calles empedradas, mientras él daba tumbos por el dolor de existir. Su hija, Morelia, había crecido así hasta que llegó a Bogotá *El concurso de la doble de Gloria Trevi,* en octubre de 1996.

Gloria Treviño, *la Trevi,* era una creación de Televisa: una chica con el cabello revuelto, la ropa cuidadosamente deshilvanada, que cantaba tirándose al suelo y le quitaba la camisa al primer señor que estuviera contratado para aparecer sorprendido en primera fila. Era la versión de la rebeldía fabricada desde una de las regiones más conservadoras de México, la ciudad de Monterrey, de donde había salido la cerveza que abastecía al Estadio Azteca. Pero eso no le importó a Daniel Jiménez en Bogotá: disfrazó a su hija, Morelia, con pantalones rotos, collares, el pelo suelto. Analizó cada uno de los movimientos planeados de *la Trevi* en el escenario e hizo que su hija los ensayara para ganar el dudoso premio de ser la doble de una cantante de la frontera norte de México. No se especificaba en las bases, pero ganar ese concurso era abrirle la puerta a su hija a la televisión, la fama, y "la plata". La propia Gloria Trevi era producto de un concurso similar: la doble de la cantante Lucerito, *Chispita,* bautizada así por la telenovela del chileno Valentín Pimstein. Las dobles eran un desplante de Televisa: podemos hacer de cualquiera una estrella, una celebridad, una notoriedad. Lo que la gente nota es siempre fugaz. Y, en la fugacidad, todas son sustituibles, como las empleadas de una maquiladora de autos, computadoras, microchips. Para mayor claridad, Televisa incluso había creado en los ochenta un grupo "juvenil" que se llamaba así, como los procesadores de Silicon Valley. En la cúspide del poder de crear personajes —esa potestad de quien detenta la fama instantánea— Televisa buscaba al clon de Gloria Trevi en toda América Latina. Y Morelia era una de sus candidatas más solventes: se aprendió las canciones, los movimientos, el tono de hablar, los gestos, la ética falsamente adolescente, la rebeldía que consistía no en protestar, sino en hacer rabietas. Para la televisión mexicana Gloria Trevi era un teatralización de las libertades que abominaba: la de expresión y la sexual. Era su salida ante una época que exigía que se ampliaran los límites de la famosa "filosofía Televisa" —unidad familiar, nacional y religiosa— y decidió aceptar que se rompieran sólo los pantalones. Como resultado, Gloria Trevi no fue un ídolo de los jóvenes sino de las niñas. Se veían reflejadas en sus pataletas.

Pero ni Daniel, su padre, ni la aplicada Morelia en Bogotá entendieron que la muerte del dueño de Televisa los arrastraría como cenizas. Su sucesor, Emilio Azcárraga Jean, simplemente esperó el desenlace: jamás metería las manos en un escándalo, a menos que fuera personal. Sus empleadas, actrices, cantantes, conductores, eran fugaces y siempre sustituibles. La televisión se había convertido en eso, en una sucesión de espectros. Uno y otro, en sucesión, eran igual de prescindibles. En la pantalla, como en la neblina, todos somos intercambiables. Y Emilio sabía, desde el principio, que a Gloria Trevi le había llegado la hora de desaparecer. Nunca entendió por qué se resistía tanto.

Emilio estaba al tanto. Cuando murió *el Tigre*, su padre, Gloria Trevi vacacionaba en una casa en Málaga que su promotor, socio y ex novio, Sergio Andrade, había alquilado para unas vacaciones con su harén de una decena de adolescentes a quienes entrenaba para ser "estrellas de televisión", es decir, en toda la gama de talentos que van desde el solfeo hasta acostumbrarse a no usar ropa interior. Sergio Andrade no era un caso inusual en la televisión, sino una regla: hermano de un influyente funcionario del Partido que era a la vez locutor y diputado, usaba su posición de productor de cantantes para Televisa como un revólver apuntado a la entrepierna de las aspirantes a la celebridad, ese tiempo de la evanescencia. Tenía una obsesión por las niñas desde que, en 1981, había tenido entre sus manos a una niña, entonces de 11 años, a la que llamaba indistintamente "mi lucecita" y "la lulita". Se había liado con Gloria Trevi porque había ganado el segundo lugar de la doble de Lucerito. Y ahora, fuera de control, negociando contratos de millones de dólares para *la Trevi*, se había rodeado de una pandilla de niñas que eran clones unas de otras: cabello largo rizado, bocas grandes, ojos negros, aspecto aniñado. En una fiesta, mientras iba al baño, Andrade le había comentado a Gloria Trevi sobre una niña que se había quedado profundamente dormida en uno de los sillones de la sala:

—Mira nada más, qué antojo.

—Pero si tiene como 10 años, Sergio —se escandalizó *la Trevi*.

—Sí, pero parece de ocho —respondió el productor atacado de una risa sinvergüenza.

El día de la muerte del padre de Emilio, *el Tigre* Azcárraga, Gloria Trevi, Andrade y las ninfas que los circundaban —algunas con bebés de paternidad obvia pero jamás legal— se sentían en la cúspide de la fama: habían roto con Televisa, habían negociado con la nueva competencia, la entonces endeble TV Azteca, y habían regresado a Televisa con un contrato por varios millones de dólares. Pensaban que sabían usar a su favor la supuesta competencia entre las televisoras, pero estaban equivocados. Al vivir en medio de las dos únicas televisoras se encontraban en el vacío. Estar entre dos televisoras equivale a la muerte súbita. No hay poder que sobreviva entre esos dos imperios de contratos, litigios, cláusulas, humillaciones, servilismos, exigencias. Emilio, el nuevo heredero, lo sabía y, simplemente, esperó el desenlace.

Trevi y Andrade no se enteraron hasta que, por un telefonazo, la madre de Gloria les avisó que el dueño de Televisa había muerto. Que su hijo, el tercer Emilio Azcárraga, quedaba al frente y que todavía no decidía nada sobre ellos. Se quedaron atónitos: ni Gloria ni Andrade sabían nada del nuevo dueño de Televisa.

Gloria no entendía que era un producto consumible, canjeable, desechable de las televisoras y que, así como la habían hecho crecer en celebridad, también la podían destrozar, aplastar, desaparecer. No tenía idea de que estaba en el juego de encumbrar y, luego, hundir. No sabía que, entre las televisoras, ella no significaba más que un trofeo. No les interesaba si cantaba, si podía conducir un programa, sino sólo el mostrársela al adversario como una pieza de caza. Ella no lo sabía, pero su cabeza disecada ya colgaba arriba de una de las chimeneas. Todavía no se sabía de cuál, si del nuevo Azcárraga o del nuevo Salinas, y pronto se revelaría que ya estaba en una venta de garaje entre Televisa y TV Azteca. Desechada, a remate. Ella creía ser el personaje que le habían fabricado para vender la rebeldía infantil. En lugar de apellidarse Treviño, ella creía ser *la Trevi*, el nombre que su productor le había asignado pensando en la fuente de Roma donde Anita Edberg se bañó para la lente de Federico Fellini. De nuevo, pensó Emilio Azcárraga Jean, esa confusión entre fama y celebridad, entre historia y desaparición, entre lo profundo y lo superficial, entre poder y caricatura. Bueno, no lo pensó, desde sus estudios de *marketing*. Sólo lo intuyó.

La muerte de Azcárraga Milmo tomó a Gloria Trevi así, desubicada y en el letargo de la primavera malagueña, con ninfas que se desnudaban a tomar el sol, se cuchicheaban, se correteaban desnudas frente a un Sergio Andrade que fingía componer al piano, como si tuviera un "temperamento artístico", la idea romantizada que la televisión tiene de los músicos desde Agustín Lara: perdidos en el abismo de sus propios corazones. Pero todo era un preámbulo para hacer un trío, un cuarteto, una quinteta, no en el piano, sino en la recámara. Andrade las veía desde el piano con vestidos de licra casi pintados cruzándoles las piernas, sin ropa interior, con los pezones hirsutos debajo de las camisetas, sorbiendo de un popote un refresco mientras lo miraban a él fijamente. Sus padres se las habían entregado para que las hiciera "estrellas de televisión" y pasar a verlas sólo para recolectar los cheques. La ilusión del talento encubría toda una industria de abusos llamada televisión. Un paraíso de pieles intocadas y celestiales hasta que empezaban a embarazarse con hijos que nadie quería y que se abandonaban en orfelinatos, en casas de amigos, o al sol de Málaga, comidos por los mosquitos.

El día de la muerte del *Tigre* Azcárraga fue el primer día del reinado de "Emilito", como le decía Gloria Trevi. Ella se había peleado con su padre por minucias —ahora lo reconocía—, pero no le contestaron el teléfono para confesarlo. Lo que no le pudo decir al nuevo Emilio de Televisa era que los pleitos con su padre habían sido por dejar asentado que ella era "muy rebelde" y no entendía la máxima del poder: "no empujes si no tienes a alguien detrás que te sostenga". Era 1992. Estaban en la oficina de Azcárraga Milmo, papá de "Emilito", Sergio, ella y Mary Boquitas, una cantante casi clonada de *la Trevi*. Andrade comenzó diciendo:

—Televisa jamás ha hecho un buen especial de música.

—¿Ah, no? —lo retó *el Tigre*—. Y según tú, ¿qué hacemos mal?

—Todo.

—Vete a la mierda.

—Pus vete tú.

Así, por nada, por un pique de gallos repletos de testosterona, de exigencias vanas, se pelearon el productor y el dueño de Televisa. Emilio Azcárraga Jean se ríe, desde su yate, ahora de todo eso. Del impacto de lo hormonal en los negocios. Ese día se rompió el contrato con Televisa y *la Trevi* le tuvo que vender su casa del Pedregal al cantante Joan Sebastian, recién casado con la modelo costarricense Maribel Guardia, para pagar la deuda con Televisa. Un millón de dólares. Entonces comenzó a coquetear con la idea de pasarse a la competencia, a TV Azteca, donde trabajaba ya una ex confidente de Andrade, Patricia Chapoy, que había empezado como ayudante de Raúl Velasco en los años ochenta. Tuvieron muchas reuniones, una en la casa del dueño de TV Azteca, Ricardo Salinas Pliego. En *Gloria,* su libro de memorias, *la Trevi* recuerda así esa noche:

[El baño] estaba en una especie de pasillo y entré. Cuando salí, ante la puerta, estaba el dueño de la casa. Al verlo, primero me asusté, luego me dio pena. Me extrañó, se me ocurrió que a lo mejor él también quería pasar al baño, pero me detuvo entre él y la pared y me dijo:

—Gloria, siento mucho los desfiguros de mi esposa que tiene un problema con el alcohol y no se controla [...] Ay, Gloria, le daría todo lo que quisiera, poder, dinero, todo.

Y no escuché más porque sentí en la ingle el ligero roce de una de sus manos. Pegué un salto y crucé la barrera que había hecho con el brazo. ¡Con razón se le enojaba la señora!

La idea de la "lista negra" de Televisa consistía en no dejar entrar a sus instalaciones a quien se hubiera ido a otra televisora, así fuera de Italia o Miami. Con la nueva competencia local de TV Azteca, el efecto se duplicaba, pero en contra de los artistas. Salinas Pliego tenía una idea similar a la de Azcárraga:

—Como están vetados de Televisa, si quieren trabajar en mi canal se aguantan lo que sea. No les queda de otra. Bueno, sí les queda: desaparecer.

En 1996 finalmente el dueño de TV Azteca cita en sus oficinas a Gloria Trevi para ofrecerle un millón de dólares para filmar una telenovela. Así recuerda *la Trevi* la conversación:

—Tenemos tanto interés en que trabajes con nosotros —empieza Salinas Pliego—, que podemos firmar un contrato por 300 mil dólares. Eso por contrato. Por fuera te daríamos 500 mil dólares, libres de impuestos. Te los podemos depositar donde tú digas. En las Islas Caimán. En donde quieras. ¿Vamos preparando el contrato?

—Sería bueno leerlo —respondió Gloria Trevi.

—Te queremos con nosotros. Síguete conservando así de guapa. No nos hagas esperar mucho.

A partir de ese momento, Gloria Trevi empieza a grabar las conversaciones telefónicas, primero con Jorge Mendoza, el abogado de TV Azteca:

—Las yeguas de mi corral no me dicen tantas veces que no —asesta el abogado cuando Trevi se resiste a firmar un contrato con depósitos en las Islas Caimán.

—No sé si vives en una casa o en un corral, pero así como está, no.

—Ay, Glorita. ¿No te das cuenta de que no tienes de otra?

Y, después, las que se le hacían desde la oficina en Televisa de Jorge Eduardo Murguía:

—Gloria, Televisa es tu casa. Tienes las puertas abiertas.

Finalmente, Gloria Trevi hace una visita a Televisa y es contratada para hacer un programa de variedades y concursos a partir del 16 de septiembre de 1996. Recibe la llamada de una TV Azteca sospechosa y, quizás, ya sabiéndose dolida:

—Gloria, te estamos esperando —dice Salinas Pliego al teléfono. Se le escucha falsamente animado—. Tenemos todo listo.

—Ricardo, te agradezco, pero me decidí por Televisa y estoy por firmar.

Tras un silencio, las últimas palabras de Salinas Pliego fueron:

—Como quieras.

A Gloria no le fue bien con su nuevo programa en horario estelar. Se llamaba *XE-TU Remix* y era, más que nada, de concursos. A las dos semanas se presentó el primer intento por cancelarlo porque los *ratings* iban en picada. Se recurrió a todo; por ejemplo, a un niño actor llamado Marcelo que se hizo pasar por huérfano. Cuando Gloria Trevi cantó *Zapatos viejos,* las cámaras de televisión enfocaron los zapatos destrozados del niño. Gloria lloró con él, dijeron que vivía en la calle, que no había conocido a sus padres. Un empleado del *staff* —diciendo que era un simple padre de familia— saltó a la fama cuando propuso adoptar a Marcelo. La gente le aplaudió de pie. Azcárraga Milmo, todavía en control, le llamó a *la Trevi* por teléfono al foro 2 durante los comerciales:

—Ésa es la televisión que queremos.

Emilio supo de esa llamada de su padre a Gloria Trevi y empezó a idear el Teletón. Ésa era la idea: la tragedia de la vida presentada como un circo.

Y el niño Marcelo, a partir de ese programa, le dio la vuelta a la manivela de la tómbola con las cartas de los fans o con los premios o con las bolitas del concurso. Hicieron que le dijera "mamá Gloria". Su padre, quitándose los audífonos, se pasaba al área de los espectadores y fingía que lo había adoptado. El público se estremecía.

Pero la muerte de Azcárraga y la llegada de su hijo cambiaron la suerte de *la Trevi,* Andrade y el harén de niñas que buscaban ser famosas en la pantalla de televisión. Venía la venganza de TV Azteca, aprovechando que Televisa tenía al frente ahora un tercer Emilio al que parecía no importarle un cacahuate *la Trevi.* Era un estilo del nuevo Emilio: dejar que sucedieran las cosas que no tenían que ver con el negocio. Emilio veía la muerte de Gloria Trevi como la de muchas actrices y cantantes de Televisa: su estertor final sobrevenía cuando se les sustituía por otras. Su nombre —si acaso— se recordaría como parte de un olvido: "¿Y qué fue de ésta que te gustaba tanto? ¿Cómo es que se llamaba?"

Con base en una serie de entrevistas a una ex esposa de Sergio Andrade, TV Azteca mandó escribir un libro contra Gloria Trevi en el que se detallaban violaciones sexuales, malos tratos, golpizas y se configuraban delitos dentro del harén de jovencitas que querían ser célebres: estupro —Gloria Trevi dijo sobre eso: "Lo que debería ser un delito es el estupor"—, privación ilegal de la libertad, lesiones, tráfico de menores. El prólogo del libro estaba firmado por Patricia Chapoy, jefa de los chismes de la farándula en TV Azteca. Gloria Trevi regresó a México desde España para tratar de aclarar las acusaciones. Andrade simplemente se fugó a Buenos Aires. Después de huir por varios países fueron aprehendidos en Brasil por la orden de un juez del estado fronterizo de Chihuahua, donde a diario desaparecían chicas y eran encontradas en el desierto, desmembradas. Como telón —cortinilla, se dice en lenguaje televisivo— de "las muertas de Juárez", Gloria Treviño, Mary Boquitas y Andrade estuvieron presos, fueron extraditados desde Brasil, cumplieron condenas en Chihuahua. Cuatro años y ocho meses para la Trevi. Cinco años y cuatro meses para Andrade. Pasados los días, como había supuesto Emilio, la gente se olvidó del asunto.

Andrade y Gloria Trevi jamás se recuperarían de haber sido aplastados entre dos televisoras que eran, desde el principio, la misma. Recién nombrado "heredero" de Televisa, Emilio vio el melodrama con los ojos de una vaca cuando pasa el tren. No era un combate que valiera la pena: rescatar a la Trevi con los ratings que ahora tenía era una pérdida de tiempo y de prestigio. "Quemar la pólvora en infiernillos."

En todo ese tiempo, de 1997 al 2000, en que son arrestados los integrantes de lo que la prensa llamó "el clan Trevi-Andrade", Morelia Jiménez, la niña doble de Gloria Trevi en Bogotá, siguió ensayando en su recámara del asentamiento "clandestino" de San Blas, junto a la ladrillera. Agitaba la cabeza para que el pelo rozara el suelo, se tiraba de rodillas, llorando con las canciones. Su padre le mandó confeccionar dos trajes rotos, réplicas de los vestuarios de *la Trevi* que vieron juntos en una revista. Habían pasado tantos años desde que se anunció el concurso de dobles —llamaban al teléfono del cartel, hasta que, un buen día, el número ya estaba desconectado— que Morelia ya no cumpliría con los requisitos de la edad. Es una preadolescente que ha empezado a cambiar de nariz y de curvas —¿qué otra cosa es la adolescencia?— y le ha aparecido un persistente acné en las mejillas. Ahora desconfía de su padre, evita su contacto físico, le responde con burlas, se sonríe de lado cuando la regaña. Su padre la mira desayunar para irse a la secundaria y piensa en las posibilidades que tuvieron de hacerse ricos. Sigue el caso de "corrupción de menores" contra Gloria y Sergio —como él les dice, familiarmente— y no lo cree. Jura que entonces, cuando miró por primera vez el cartel del concurso y lo arrancó para guardárselo en la bolsa, vio también la certeza momentánea de que la vida les iría mejor. Pero la vida le ha sido injusta. Se lo dice a los vecinos, a los otros empleados de las ladrilleras, cuando anda "con sus copas, como José Alfredo Jiménez", pero ya nadie le presta atención. Ni siquiera Morelia, que ya no quiere tirarse al suelo. Últimamente entona en su recámara, cerrada a piedra y lodo, las canciones de Shakira y se esfuerza por aprender a contonear las caderas.

Emilio miró el caso de Gloria Trevi como un vaso roto en la cocina: se podría o no barrer, pero el hecho es que estaba roto. En esos días, él estaba en lo mismo en que estuvo su padre a la muerte de su abuelo: quedarse con Televisa.

* * *

En el cuarto de lujo del Hospital Scripps Mercy de San Diego, California, Emilio ha dejado a la enfermera, Nancy, llevarse a su primogénito, el cuarto Emilio. Llegan su director adjunto, Bernardo Gómez; el de finanzas, Alfonso de Angoitia, y el de "operaciones", José Bastón. Traen flores, chocolates, un succionador digital para la leche materna, "de última generación". Le dan besos a Sharon que los mira somnolienta y adolorida desde las almohadas hipoalergénicas blancas. Sharon está casi anestesiada por los analgésicos en el tubo de su suero.

—Esas drogas deben estar potentes —dice alguno de sus subalternos.

—No hablen de drogas delante de mi hijo —les quiere decir el orgulloso padre, pero no lo hace.

Emilio los ve desde su miopía distante, desde una especie de sonrisa que no es más que una forma cordial de respirar. Acaso recuerda a su padre, *el Tigre,* despidiendo al animador de televisión Paco Stanley por un supuesto chiste sobre drogas. Y decimos "supuesto" porque a nadie le hubiera hecho gracia, a sabiendas de lo que ocurría. Todo mundo en la televisora sabía que quien se había quedado con el negocio de las botellitas tras el asesinato de Víctor Yturbe, *el Pirulí,* era Stanley. Los cargamentos ya no provenían de Puerto Vallarta, sino de Chihuahua y a veces de Tijuana. Las botellitas discretas del *Pirulí* habían pasado con Stanley a las bolsas de plástico transparentes selladas con dos grapas. Por eso un chiste sobre el mechón blanco del patrón no fue bienvenido por éste en el elevador de Televisa Chapultepec, el viernes 21 de abril de 1995:

—¿Usted tiene ese mechón blanco porque se limpia la nariz para arriba?

—Vete a la mierda. En este instante. Saca tus chingaderas y vete.

—Noooo, jefe, cómo cree: es una broma.

Cuando bajaron del elevador, Stanley ya no tenía trabajo y Azcárraga Papá se había alejado de un problema que veía crecer entre los artistas en forma de hemorragias nasales en medio de las grabaciones, permisos para internarse en hoteles de rehabilitación o en clínicas que reconstruían tabiques sustituyendo el cartílago por puentes de platino. Un problema de hombres de botas de serpiente que aparecían de pronto en los camerinos y no se quitaban los lentes oscuros ni adentro de los foros silenciosos, sin luces. Azcárraga Papá lo había hablado hacía tiempo con Humberto Navarro, *la Pájara Peggy:*

—No usen las instalaciones para eso. No me hagas pedirle ese tipo de favores al presidente y a mi juez. Tú y Paco saquen eso de aquí. Usen El Marrakesh. En la Zona Rosa no desentonan los sombrerudos que llegan aquí a verlos.

—Siempre decimos que estamos filmando una telenovela-western. Por lo de los vaqueros de cinturón "pitiao" —se reía Navarro.

Azcárraga Papá le fruncía el ceño y lo miraba fijamente. Sabía que un día eso iba a salirse del control de su productor, Navarro, y del animador, Stanley, al que habían sacado de la XEW —donde recitaba poemas como si fuera el alumno aplicado de la primaria Juan Escutia— para sustituir a Daniel Pérez Alcaraz en la conducción del programa más antiguo de la televisión, *El club del hogar,* un programa larguísimo de publicidad: colchones, bombas de agua, payasos para fiestas infantiles. Ahí, Stanley no desentonaba con *Madaleno,* Pancho Fuentes, un hombre disfrazado de indígena de una etnia improbable ("tepuja"), con una jerga para limpiar pisos como parodia de los sarapes. Stanley y *Madaleno* eran miembros del Partido y lo presumían al aire cada vez que había "elecciones", llamando a votar, pegándose propaganda en las espaldas. Sin sorpresa, ambos serían, en algún momento, candidatos a diputados. Los dos perderían: la caricatura no necesita la redundancia.

Pero Stanley se había vuelto prepotente: había fundado una compañía de grabación —hacía discos con su voz recitando poemas a la madre, al hijo muerto, a la Patria— y un equipo formado por el ex representante artístico del grupo "juvenil" Timbiriche —de donde había emergido la cantante Thalía—, Mario Bezares, y un reportero de chismes del espectáculo, Jorge Gil. A Stanley no le importaba Televisa, porque se decía protegido por *el Señor de los Cielos;* éste que en un inicio había sido el nombre del satélite que el Estado mexicano le otorgó a Televisa, con los años se convirtió en el apodo de un narcotraficante, Amado Carrillo Fuentes, por la flota de jets que volaban todos los días hacia la frontera norte sin ser detectados por los radares de los Estados Unidos. Los radares de México estaban en otra parte. La historia de ese nombre, *Señor de los Cielos,* ahora es una metáfora del sexenio de Salinas de Gortari en México: de las ilusiones de la alta tecnología regalada a los empresarios aliados al Partido, a la aparición de capos de los tráficos ilegales. Era la disputa por el aire, de cuyo control se habían sentido tan orgullosos los Azcárraga. Ahora, los satélites ya no estaban tan presentes como los jets, las avionetas, los helicópteros. En esta nueva era sí importaba el contenido que transportaban; no un noticiero lleno de huecos en videocaset, sino unos paquetes compactos que contenían la más reciente promesa: la euforia. El salinismo había resultado en esa euforia sin verificativo en la realidad, ese sacar el pecho para decir que México no era solamente el premio Nobel Octavio Paz y sus 30 siglos de esplendores, sino el actual socio, con Canadá, de Estados Unidos de América, el único de América Latina que controlaba el espacio sideral con sus satélites. Una ilusión que venía del consumo del polvo extraído de una planta sudamericana, que nos hacía hablar y hablar, rápido, como si la vida se consumiera en ese instante; que nos hacía actuar rápido sin importar las consecuencias; que nos hacía querer todo, convencidos de que lo merecíamos; ese estupor activo de la coca.

Esa disputa entre los cielos de los satélites y los de las avionetas que vuelan bajo para no ser detectados por los radares le molestó a Azcárraga Papá. Despidió a su animador de programas para unas amas de casa que seguían al tanto, ya no de los electrodomésticos de tiempos del abuelo Vidaurreta, sino de los aparatos para hacer ejercicio, adelgazar y detectar ladrones en cuanto entraran a sus casas. De la publicidad al infomercial, la idea de México se iba estrechando hasta significar la extenuación física, el sudor y una bolsita de plástico transparente.

Muerto Azcárraga Milmo, el nuevo Emilio dejó que las cosas sucedieran. Él sabía los desenlaces y medía, paso a paso, la trama. Tampoco valía la pena entrar a un combate sin ganadores. Dejó que Paco Stanley pasara su negocio a la supuesta competencia de Televisa, TV Azteca.

Descompuesto, sudoroso, alterado, Paco Stanley, con un programa de mañana en TV Azteca para amas de casa y niños, se levantó temprano el 7 de junio de 1999. No había dormido bien y su amante en turno, la edecán Mónica Olmos, se negaba a acompañarlo por las noches desde que había ido con él a una mansión en la calle Cima número 56, de donde salió con un tabique de *masking tape* y escoltado. Un mes antes, Stanley había solicitado a la Secretaría de Gobernación —él, que era miembro del Partido— permiso para portar armas de fuego. Se lo habían dado cuando presentó, como identificación oficial, su credencial del Partido. El permiso lo había firmado Francisco Labastida Ochoa, ex gobernador de Sinaloa y, más tarde, candidato a la presidencia de la República por el Partido. Siete meses antes, en el restorán *Las Gaoneras,* un vaquero con un revólver se le había acercado:

—Paco, me mandaron a matarte, pero me conformo con tu Rolex.

Pelando los ojos, Stanley se quitó el reloj y se lo dio.

La mañana que estrenaba su programa en TV Azteca, el 9 de diciembre de 1998, lo volvieron a "asaltar":

—Me mandaron a matarlo, licenciado Stanley, pero si me da lo que trae lo dejo pasar. Ésta es la segunda.

Por eso, cuando Paco Stanley lee una de las llamadas a su programa *Una tras otra,* a las 8:25 de la mañana del 7 de junio de 1999, se preocupa: es la tercera, y la tercera, se sabe, es la vencida. En la imagen se le ve pasar el recado al final del paquete de llamadas telefónicas —51 66 23 25— y, segundos después, salir de cuadro:

—Pedroza, a la cabina —grita, acojonado en la garganta.

Stanley regresa al aire 10 minutos más tarde, sin saco. Está sudando, está enfadado, muy alterado. Le dice a su patiño, Mario Bezares, que ese día se ha presentado con una férula porque, supuestamente, se rompió el cuarto dedo del pie izquierdo:

—Eres un descarado. Te estoy ayudando. Págales el dinero que les debes. Veme de frente. Págales —y lo azota con los papeles de las llamadas telefónicas. Todo esto sucede al aire, en vivo; es como si el locutor tratara de demostrarles a quienes lo han amenazado que él hace todo lo posible por pagarles, pero que es Bezares el culpable del retraso. De programa mañanero, la emisión se transforma en un *reality show* para enviar mensajes cifrados.

—Con los papeles no —responde Bezares—. Mira, Francisco, con papeles no.

La férula azul marino de Mario Bezares le resulta a la paranoia de Paco Stanley un acertijo: ¿es real o un mensaje por televisión a los cobradores? Recuerda aceleradamente a Víctor Yturbe, *el Pirulí,* ejecutado por deudas del narco. Bezares ha bailado con la férula puesta. ¿Por qué puede bailar? ¿Tiene el dedo roto o no? ¿O está también tratando de mandar un mensaje? ¿Quién es Bezares? ¿En qué se ha convertido? ¿Ha negociado su vida a cambio de la de él? La cabeza le da vueltas a Stanley, se toma la nariz en pantalla, con ese tic de aspirar demasiado. Él y Bezares han perdido cualquier compostura al aire: él lo humilla, lo patea, pellizca a las edecanes, regaña al público. Stanley lo sabe: ha convertido su programa en el espectáculo de la prepotencia. Lo arbitrario como chistoso. La petulancia como entretenimiento.

Pero Bezares ha hecho cosas peores en el programa que pasa en las mañanas, el que ven las amas de casa y los niños que todavía no van a la escuela. Unos meses antes había bailado "El gallinazo", una rutina cuyo nombre connotaba, como la *Pájara Peggy* y los "pericos", el uso de la nariz para aspirar. Bezares se había aventado al suelo y, entre las contorsiones, se le había caído, al aire, en vivo, en directo, una bolsa de coca. El piso deslizante del Foro 6 de TV Azteca había quedado manchado con una especie de talco. Pero tal era la confianza de Bezares a esa hora de la mañana que le pasó la bolsa de coca a Stanley, delante de todos:

—Es que se me estaba cayendo esto, señor.

Stanley, agitándose las llamadas como si fuera un abanico, lo hizo bailar hasta el sofoco y Bezares, pidiendo un receso en el baile, dice:

—Pepe *el Toro* —en referencia a la película de Pedro Infante— es inocente, señor, yo lo maté.

Esas imágenes le recorren el cerebro hiperconectado a Stanley la mañana del 7 de junio de 1999. El ingeniero de sonido ha oído y grabado, minutos antes, esta conversación entre Stanley y Bezares en el camerino donde los maquillan:

—Estoy harto de no poder salirme —dice Stanley, apesadumbrado.

—Ya sabes que ésos no perdonan.

Y ahora, exasperado, regaña a Bezares: "Ya págales". El programa termina con un sudoroso Stanley hablando de lo difícil que es hacer televisión en vivo en lunes, que nadie tiene ganas de ir a trabajar, que el propio Bezares se ha roto un pie tratando de patear a sus hijos el domingo, que todos hacen su mejor esfuerzo por cumplir. El discurso no resulta cómico sino incoherente. Es un equívoco: la celebridad no te da poder. El poder es del dinero, de su violencia, su única moneda. Stanley yerra en ese sencillo principio, piensa ahora Emilio.

A esa misma hora, casi las nueve de la mañana, Juan Manuel de Jesús Núñez se pone la corbata para salir a tratar de vender seguros. Ha quedado de almorzar con su esposa hacia el mediodía cerca de su departamento en Mixcoac, en un restorán tradicional llamado El Charco de las Ranas.

Stanley y Bezares pasan al Foro 4 de TV Azteca a "darle la patada de bienvenida" a un nuevo programa, *Con sello de mujer,* otra emisión dedicada a las amas de casa en un país en el que las mujeres trabajan para mantenerse y que han entrado a las seis o siete de la mañana a atender teléfonos, archivar expedientes, poner componentes en un microchip. ¿Para quién será ese programa? Para los jubilados. En la imagen de bienvenida, Stanley y Bezares aparecen hundidos en un sillón, con las miradas perdidas. Paco Stanley se seca el sudor de la frente con frecuencia. Si se miran con atención sus gestos, el de Bezares es de expectación, volteando a ver al público que acudió al foro, como si de ahí fuera a salir alguien disparando con una pistola. Stanley, por el contrario, está nervioso y, a la vez, abatido: mira al piso con los hombros encogidos, como si la resignación le bajara, como el sudor, por la cara. Sin mucho énfasis en la campaña de TV Azteca que encabeza Stanley —*Vive sin drogas*—, las conductoras del nuevo programa agradecen al sudoroso Paco y al asustado Mario Bezares su asistencia, para "que tengamos mucho éxito".

A las 10 y media de la mañana se suben a la camioneta Lincoln Navegator Stanley, Bezares, Jorge Gil y el chofer, Jorge García Escandón. Un auto los escolta por detrás con dos guardaespaldas. Llegan al Charco de las Ranas. Comen chilaquiles y Paco Stanley, carne de puerco en chile pasilla con frijoles. Stanley le hace la broma a Gil de salirse sin pagar la cuenta. Bezares dice que le ha hecho daño el almuerzo y que tiene que ir al baño. Todos notan que no cojea para correr al fondo del restorán. En el momento en que Stanley sale del restorán, el vendedor de seguros, Juan Manuel de Jesús Núñez, espera con su esposa su automóvil del *valet parking*. Han visto a los famosos de la televisión discutiendo, pero no los han saludado; "están en una reunión de trabajo, seguro, no los molestes, mi vida".

Justo a las 12:08 tres hombres bajan a toda prisa por el puente peatonal de Periférico. Llevan armas. El guardaespaldas le abre la puerta a Paco Stanley y él entra. Entra Gil. Esperan a Bezares, que se ha tardado.

—Este inútil —agrede Stanley al aire—, con eso del pie…

Se agacha a encender el aire acondicionado. Sigue sudando. Cuando se levanta, los tres tipos que bajaron del puente le disparan 24 veces. Cuatro de los disparos le dan directamente en la cabeza. Uno a Gil en una pierna. El chofer se mete debajo del volante. Otra detonación le atraviesa el ojo a Juan Manuel de Jesús Núñez, que cae muerto en la banqueta, mientras su esposa, herida en el abdomen, se arrastra hacia él. Los tres asesinos suben el puente peatonal y desaparecen. La mitad del cráneo de Stanley está sobre el asiento de la camioneta.

Eso recuerda, como en un flashazo, Emilio Azcárraga Jean en el hospital donde ha nacido su primer hijo varón, mientras escucha las historias de sus subalternos sobre las drogas legales usadas por los médicos. Recuerda la conmoción por el asesinato de Stanley, cómo su primer impulso fue pedir la renuncia del recién electo alcalde de la ciudad de México, el izquierdista Cuauhtémoc Cárdenas, a quien su padre había combatido con todo desde los noticiarios. Pero no fue necesario que él saliera en las pantallas del país. Su idea del poder era aguantar a que los otros reaccionaran. Total, Televisa era el poder. Total, sin presidencialismo, su negocio, su televisora, era lo único que quedaba. Televisa era, para ese momento, la única que podía hacer un milagro, mejor que los de la Virgen de Guadalupe. Y, como un dios, lo mejor era callar. El silencio, esa máxima de la televisión mexicana.

Por la noche, en horario estelar, Ricardo Salinas, el dueño de la competencia, TV Azteca, en persona, apareció como si fuera el presidente de la República, a cuadro:

—Hoy fue Paco. Mañana podemos ser usted o yo, o cualquiera. La impunidad nos asalta y ¿dónde está la autoridad? ¿Para qué pagamos impuestos? ¿Para qué tenemos elecciones? ¿Para qué sirven los tres poderes del gobierno? ¿Cómo puede haber tanto gobierno y nada de autoridad? En esta ciudad, como en tantas otras de México, la impunidad, la ineptitud de la autoridad y también la indiferencia de la ciudadanía han alcanzado un límite. Hoy lloramos por Paco, ¿por quién lloraremos mañana? Es claro que las autoridades han fallado, pero también que nosotros, los mexicanos, estamos fallando.

Emilio vio a su conductor, Jacobo Zabludovsky, adusto, decir con saliva en las comisuras de la boca:

—Alguien tiene que renunciar, ingeniero Cárdenas. Se lo digo como ciudadano al alcalde electo de la izquierda en la ciudad de México. No podemos permitir esta zozobra en la seguridad de los mexicanos.

Emilio vio con una sonrisa cómo las dos televisoras se unían en la demanda de que renunciara el primer alcalde electo de la ciudad más grande del mundo. Querían probar que podían. Conmocionar, despertar suspicacias, acusar y eliminar a un adversario político. Lo probaron, cada uno a su manera. Emilio nunca intervino. Sabía la historia de las drogas en las televisoras, en el cine, en la Bolsa Mexicana de Valores, en Wall Street, en Hollywood, entre los artistas, entre los psicoanalistas. Sólo miró el tablero que se le revelaba: iba a correr a Zabludovsky, no por ética, sino por credibilidad. Una televisora necesita que las ilusiones que crea sean verosímiles. Crear y creer necesitaban ir de la mano. Eso lo había aprendido en sus cursos de mercadotecnia en Estados Unidos. Pero como nieto, como hijo, sabía que se imponía la desviación, al menos molecular, de su propia tradición. Una derivación de la ficción, de la ilusión y de la mentira llana. En ese instante, el conductor de los noticieros, Zabludovsky, tenía que cambiar. Nadie le creía. Ni siquiera él mismo. ¿Le habría creído alguna vez su padre? No creía. La fe no era más que un problema de imagen, no de contenido. Las mentiras las podía seguir diciendo la televisora, pero con otra cara. Renovar a la Virgen de Guadalupe, ésa era la tarea para la nueva Televisa.

Siguió mirando la televisión, la suya y la competencia. En vivo entrevistaban a las señoras afuera de la funeraria Gayosso en Félix Cuevas para que se indignaran contra las autoridades capitalinas, para que lloraran, para que las niñas se quebraran a la mitad de un discurso de lo bien que les caía Paco Stanley, lo chistoso que era, lo bien que recitaba sus poesías de Juan de Dios Peza, "lo humano". Las televisoras siempre elogian diciendo que alguno de sus integrantes era "muy humano". Jamás han elogiado diciendo que alguien era "muy animal". El mensaje era claro: asesinaron a un conductor de televisión, por lo tanto hay que destituir al alcalde electo de la ciudad de México. A Emilio le pareció demasiado. El poder de la nueva Televisa no podría ser sólo lo que encuadraba. La transmisión no era ya comunicación. Nadie creía nada. Había que ir por la vía de los hechos, de los negocios, del dinero, de las acciones. Emilio se vio ese día desconfiando de su propia televisora, de sus conductores de noticieros. Necesitaba ser socio de bancos —para evitar las deudas en las que había caído, riéndose, su padre—, de asociaciones filantrópicas —para descontar impuestos—, y correr a Zabludovsky, sustituirlo por otra cara impávida, disléxica, pero nueva, un tal López Dóriga. Otra cara anodina, ahora con un apellido vulgar y una voz grandilocuente que equivocaba una de cada tres sílabas. Realmente no importaba lo que dijera. Ya no existía nada más que la apariencia y la sustitución. Su padre, *el Tigre,* había estado equivocado todos estos años, queriendo exportar este rostro de México que es Televisa al resto del mundo porque sí, porque somos chingones. No, la clave, durante todo este tiempo, la había tenido Valentín Pimstein: "lo más simple es lo más barato y lo más barato es lo fugaz".

Mientras, en el velatorio del ISSSTE en Santa María la Ribera, los familiares y amigos de un vendedor de seguros trataban de darle una despedida pobre, pero digna, a él, que no había recibido avisos. A él, que murió sorprendido por un balazo que nunca sospechó.

En su velorio no había una sola cámara de televisión.

* * *

En el Scripps Mercy Hospital, Emilio y sus subalternos de Televisa salen del cuarto de Sharon para dejarla descansar. Hablan del Teletón para discapacitados de ese año.

—¿Qué prefieres, Emilio —pregunta uno—, que sea 2 y 3 de diciembre o 3 y 4?

—¿Cuánto se va a recaudar?

—Como 350 millones.

—¿Para quién va?

—Chihuahua y Chiapas.

—Las muertas y los indígenas —tercia otro.

—Hay que decirlo. No así, pero hay que cacarear el huevo.

Va acompañado por sus subalternos hacia el reservado que tienen en el restorán Fleming's, de carne y vino, mientras le avisan que el lema de este año será: "Ayudar es amor". Desde hace unos años no pueden usar a Lucero, antes Lucerito, para los teletones. Ya no está relacionada con la confianza, sino con la violencia. El 15 de agosto de 2003, en las 100 representaciones de la obra neomexicanista *Regina,* en el Teatro San Rafael, un guarura suyo, Fernando Guzmán, creyendo que contener a los reporteros era salvar la vida de la actriz, sacó una pistola. Con ella golpeó a tres reporteros de espectáculos, uno de ellos de Telemundo de Miami. Se armó un escándalo. Pero el problema no fue el guarura sino lo que dijo, al día siguiente, la actriz y cantante de los doces de diciembre en la Basílica, de los teletones, de los personajes de telenovela sosegados y caritativos, la cara solidaria de Televisa:

—Los reporteros —declaró Lucero— lo estaban agrediendo a él, al guardaespaldas, y claro que él se quiere defender y busca su arma. Pero la sacó sin ánimo de amedrentar.

—¿Cómo se llama?

—No sé cómo se llama. No hablo con la vigilancia —movió los aretes negando con lo que había entre ellos.

—¿Por qué eres tan prepotente?

—No tengo por qué venir a contestar tus preguntas. No es mi obligación. Estoy aquí en un acto de generosidad.

Así que Lucero estaba fuera de este Teletón, al menos en la conducción. Rumbo al Fleming's, Emilio iba viendo las limpias calles de San Diego, respirando el aire del invierno que se iba y la primavera que llegaba, los *malls,* los edificios blancos. ¿Era la historia de Lucero la de Televisa? De la niña amaestrada por los productores para ser una exitosa cantante a sacar una pistola en una obra de

166

teatro. No. Emilio estaba seguro. El futuro no podía ser ése. Tendría que ser otro. Él era el nieto. Él era el hijo. Pero de ningún modo era igual.

—La tele —le había dicho a unos reporteros unos días antes— debe seguir siendo una avalancha de emociones.

—Señor —había interrumpido un reportero—, ¿por qué en sus programaciones de mediodía los *talk shows* han sustituido a los programas infantiles?

—La televisión no es una niñera.

Emilio había tenido una idea: la televisión es lo íntimo, lo doméstico, lo que puede grabar una cámara de vigilancia.

¿Qué había sido de la televisión para los niños?, pensó mirando cómo se llevaban a su hijo al cunero. "¿Y ahora quién podrá salvarnos?" ¿Qué se habría hecho ese "contenido" —ahora pensaba en esos términos— de su infancia?

Como todo lo de su padre, *Chespirito* era un condenado al que sólo había que dejar que se condenara. Algún día, quizás, habría que hacerle un homenaje, como se hace con los muertos en vida.

Emilio pensó en una de las muchas aporías de Televisa: sus programas para niños habían resultado ser tramas perfectas para las dictaduras imperfectas.

* * *

Cuando Emilio sustituyó a su padre, Roberto Gómez Bolaños, *Chespirito,* tenía varios años de no hacer sus dos programas de golpes, caídas y cachetadas, *El Chavo del 8* —un niño-adulto muerto de hambre, que vive en un barril bajo la escalera de una vecindad sacada de las películas de Ismael Rodríguez— y *El Chapulín Colorado* —una parodia de superhéroe torpe—. Recientemente *Chespirito* había escrito una canción para la telenovela de su eterna novia, Florinda Meza: *Alguna vez tendremos alas.* Era casi un himno para Televisa:

Hay que guardar silencio.

Hay que guardar silencio para cantar mejor.

Guarda silencio, guarda silencio,

y con el ejemplo convencerás.

En el callar la sal y pimienta suelen estar.

Sí, sí, hay que guardar silencio.

Para Emilio, *Chespirito* era una anécdota de la televisión, uno de esos personajes fugaces a los que Emilio podía homenajear cuando cumplieran 80 años. Sus programas de supuestos chistes los veía Emilio de niño en casa de su madre, Nadine: cachetadas. Eso es lo que recuerda. Y lo dejó caer también. Los condenados lo están incluso antes del juicio. Y ahora la sentencia era exclusivamente suya. ¿Cómo calificarlo en la televisión del siglo XXI? Por su historia. Pero su historia era, ahora, una caricatura. Nada podía hacerse contra eso: el país era, todo, una exageración de sí mismo, algo risible, una aberración.

En 1977, casi 10 años después del nacimiento de Emilio en febrero de 1968, el romance de *Chespirito* con Florinda Meza, que interpretaba los papeles femeninos en sus dos series de televisión, comenzó en medio de una visita al dictador Augusto Pinochet en Santiago de Chile. Florinda había sido novia de otro integrante del elenco del *Chavo del 8,* Carlos Villagrán, *Quico,* pero por un regaño del jefe Gómez Bolaños-Cacho, se habían separado:

—No podemos ser como todos en Televisa, que aprovechan los programas para acostarse unos con otros —les dijo.

Dos años después, Gómez Bolaños entraba del brazo de Florinda Meza a saludar al dictador de Chile, Pinochet. Una valla humana de 17 kilómetros, del aeropuerto al hotel, los recibió rumbo al Palacio de la Moneda, cinco años antes bombardeado por los militares del golpe de Estado contra el presidente electo, Salvador Allende. Caminaron por una alfombra roja, él vestido de frac y ella con vestido largo y una diadema de piedras de lapislázuli, que les habían dicho era originaria de Chile. De una silla blanca con retoques dorados, Pinochet se levantó para saludarlos. Los actores se llevaron la mano a la sien, como hacen los militares, y después hicieron una reverencia. A Pinochet le gustó esa confusión entre considerarlo un militar y, a la vez, un monarca.

—Nos gustan mucho sus programas, don Roberto —le dijo Pinochet a Gómez Bolaños—. El humor nada tiene que ver con la política, ni con las lisuras, ni con la vulgaridad. Usted es el mejor ejemplo de ello.

—Muchas gracias, mi general —respondió Gómez Bolaños cuando se le permitió—, eso es algo que hice "sin querer, queriendo".

Una risa de militares inundó el Palacio de la Moneda. Más que aplausos, se escucharon los sables del vestido de gala chocando dentro de sus guardas. La historia personal de Gómez Bolaños quedaba en ese momento saldada. Sobrino de uno de los grandes represores mexicanos, Gustavo Díaz Ordaz, Gómez Bolaños había salido de un despacho de publicidad, Noble D'Arcy —"Chevrolet: rinde más y jamás se rinde", le había celebrado el lema su jefe, Mario de la Piedra—, para ser guionista de unos programas extraños en los que los personajes repetían diálogos que, en realidad, eran motes publicitarios: "sin querer, queriendo", "no contaban con mi astucia", "que no panda el cúnico". La publicidad como celebridad, frases que la gente se aprende sin saber por qué.

Los chistes de Gómez Bolaños venían de los golpes entre personajes a los que seguía una risa grabada para indicar al público cuándo debían tomar algo como gracioso. La comedia "controlada" le gustaba al general Augusto Pinochet, que buscaba en ese octubre de 1977 que cada gesto, actitud y expresión de los chilenos estuviera regulada por el miedo a la policía, al ejército y a la "secreta". En el caso de *Chespirito,* la orden de reírse iba antecedida por las risas grabadas. Todo estaba controlado.

Si bien *Chespirito* se veía a sí mismo como un mimo de la autocensura —su regla era: "ni groserías, ni sexo, ni política"—, hacia el año en que *el Tigre* Azcárraga murió, se veía cada vez más como un "escritor". El heredero, Emilio Azcárraga Jean, lo veía como una mala broma de su infancia. Cuando en 1981 *Chespirito* visitó Colombia, el entonces presidente Julio César Turbay le concedió la nacionalidad colombiana "automática". Era el mismo presidente que había acusado al escritor Gabriel García Márquez de ser integrante de la guerrilla conocida como M-19 y, con ello, causado que se exiliara en México. Este suceso le pareció a *Chespirito* una señal de que Turbay lo consideraba aún más importante que a García Márquez, y comenzó a ufanarse de que él también escribía poemas, canciones, obras de teatro. Él no lo podía ver, pero los demás alzaron un poco las cejas cuando empezó a dar entrevistas en las que trataba de citar a Einstein, a Churchill o a Cervantes sin buenos resultados. Las antologías de aforismos del *Reader's Digest* no servían para suplantar la cultura, que es lo que te queda cuando has olvidado todo. Pero *Chespirito,* al igual que el general Durazo, creía que memorizar citas compensaba la falta de educación y lectura. Al final, el rencor se transpiraba en lo que decía Gómez Bolaños:

—Si alguien me da envidia es Juan Rulfo, que escribió dos libros de fama internacional. Yo tengo encuadernados 250 tomos de mis libretos. Pregúnteme cuántos premios me han dado. Ninguno. Ni de obra, ni de actuación, ni de dirección, ni de tiempo. De nada. Un día, como dijo el cura jesuita Teilhard de Chardín —lo pronuncia como se lee en español—, se unirán el "arriba" y el "adelante", es decir, Dios y el Progreso. Espero que me toque.

El "arriba y adelante" era también una frase del ex presidente Echeverría, dicha justo antes de sumergir al país en el abismo de la desmesura y la violencia política.

Pero la idea de sentirse un intelectual se le había ocurrido a *Chespirito* en la visita a Augusto Pinochet en Chile. Ahí decidió, también, que a él no podían aplicársele las reglas y que lo que era bueno para un actor de su elenco "sin desarrollo intelectual", Carlos Villagrán, no lo era para él, a quien recibían los millones de latinoamericanos, fascinados por "un tipo de comedia basada en el Gordo y el Flaco", pero con "el sentimiento de Charles Chaplin". Y entró del brazo de su coactriz, Florinda Meza, a saludar al dictador de los chilenos. El resto del mundo televisivo había entrado a la era de Lenny Bruce, de Monty Python, de Woody Allen, pero la "comedia" de Televisa buscaba todavía restringirse a lo que el cine mudo había agotado: las cachetadas, los pastelazos y los resbalones. Más que un "escritor", Gómez Bolaños era una anomalía histórica y la América Latina de los dictadores parecía compartirla. En Colombia, el presidente que le había otorgado, por el poder de su firma, la nacionalidad, Turbay, sería recordado por una frase de fallido lema publicitario: "Reduciré la corrupción a sus justas proporciones". Y por una guerra en la que se armaron grupos paramilitares que detenían a los ciudadanos para procesarlos en juzgados especiales, sin acusación ni defensa posibles. En los dos personajes que inventó *Chespirito,* la resignación a la cachetada es un valor y la justicia es sólo una "chiripa", un azar, un burro que tocó la flauta. No era casual que los temperamentos más violentos de América Latina, Pinochet y Turbay, lo recibieran con un trato de jefe de Estado.

Pero *Chespirito* nunca entendió eso. Para él, los 30 millones que *el Tigre* Azcárraga le contabilizó como audiencia significaban un futuro de homenajes, premios literarios, medallas. Y, como no venían pronto, se amargaba. Desaforado por los reconocimientos todavía no logrados, *Chespirito* rompió en 1977 el bloqueo que México mantenía con la dictadura de Pinochet y se presentó en dos funciones en el Estadio Nacional. *Chespirito* se dio de cachetadas con *don Ramón, la Chilindrina* y *Quico,* encima de los cadáveres de los detenidos en ese mismo estadio de futbol el 11 de septiembre de 1973. Los cómicos se vistieron en los mismos camerinos en los que los jóvenes chilenos fueron torturados. En los mismos camerinos en los que gritaron, electrocutados, sangrando, pidiendo que parara la masacre; hasta que, en algún segundo, dejaron de existir.

Tras despedirse de los altos mandos del ejército de Pinochet, el elenco de *Chespirito* fue recibido en la Argentina por una caravana de automóviles blindados. Fueron escoltados porque, unos meses antes, en enero, el dictador Rafael Videla supuestamente había sobrevivido a un atentado en su propio avión. Eso había desatado una ola de desapariciones en las últimas semanas: la de Oscar Smith, líder de Luz y Fuerza, la del embajador de Venezuela, Héctor Hidalgo Sola, y la del escritor Rodolfo Walsh. Los cómicos de Televisa pasaron en las camionetas frente a Plaza de Mayo. Ahí les extrañó ver a un grupo de mujeres con mascadas blancas dando vueltas y vueltas con pancartas con los rostros de sus hijos desaparecidos. Roberto Gómez Bolaños simplemente desvió la vista, pero Carlos Villagrán le preguntó al chofer, el coronel Luciano Moguetti:

—¿Y esas señoras qué hacen ahí? —preguntó.

—Son monjas —murmuró el coronel.

—¿Y por qué protestan?

—Porque las han expulsado de su iglesia.

—Y eso, ¿por qué?

—Por putas.

Los militares se rieron y, al cabo de unos segundos, los cómicos los siguieron. Llenaron 14 funciones en el Luna Park de Buenos Aires. Pero fue al entrar al Estadio del Boca cuando Gómez Bolaños tuvo la idea de hacer una película sobre el futbol. Se filmaría, escrita, dirigida y actuada por él, al año siguiente, el de la Copa Mundial de Futbol en la Argentina: *El Chanfle,* una historia sobre un aguador del Club América, para la que Televisa le prestó, durante ocho semanas, el Estadio Azteca y las instalaciones donde entrena su equipo de futbol. Era la nueva vocación de Gómez Bolaños: director de cine. La idea era la misma de siempre: lo mal hecho, a veces, puede traer fortuna. Era un mensaje para todos "los jodidos": no desesperen si no estudiaron, si no tienen trabajo. Un día, la suerte los hará triunfar. Azcárraga lo nombró por ello director de Televicine, la filial "cinematográfica" de Televisa que producía 10 películas al año sin repercusión alguna. Eso le enojaba a Gómez Bolaños:

—Veo las ventas de taquilla y no entiendo por qué los críticos no nos premian.

—Cálmate, intelectual —le reviraba el chileno Valentín Pimstein, productor de sus películas—. Si lo entiende tu sirvienta, hemos hecho un gran trabajo. ¿Para qué necesitas un Oscar?

Pero Gómez Bolaños, siempre resentido por la falta de reconocimiento en el mundo literario y cinematográfico, se sentía llamado a publicar "poesía", autobiografías donde ocultaba casi todo, y a dar su opinión. Así diría que Vicente Fox era "el mejor presidente que ha tenido México" y que la despenalización del aborto en la ciudad de México era "una abominación contra la vida". No se daba cuenta de que la gente lo veía como *Chespirito,* una retahíla de cachetadas y caídas propias del cine mudo. No lo querían escuchar.

Enfermo, recién operado de la próstata, en una silla de ruedas y pegado a un tanque de oxígeno, Gómez Bolaños se exasperó la madrugada del 27 de julio de 2012 cuando se enteró del campamento que los estudiantes habían puesto afuera de Televisa Chapultepec para protestar contra la intervención de la televisora en la elección presidencial de ese año:

—¿Qué quieren esos muchachos? —escribió—. ¿Tener permiso para decir lo que se les antoje y que Televisa no haga lo mismo? Muy mal tratar de silenciar a Televisa *[sic]*. Más aún, cuando las opiniones que emite ésta son personales *[re-sic]*.

Con la mantita sobre las piernas, sentado en su silla de ruedas, confundiendo celebridad con influencia, notoriedad con talento, Gómez Bolaños fue envuelto por la negrura de su propia eficacia publicitaria. Los estudiantes le respondieron:

—Es que no contábamos con su astucia.

No era nada más que sus dos personajes. A pesar de que millones lo veían absortos en toda América Latina por obra de las transmisiones satelitales, nadie lo escuchaba. Nadie lo tomaba en serio. Le había sucedido lo mismo que a la propia Televisa. Se había muerto en algún momento de los ochenta sin que nadie lo notara. Él, que había tratado de que sus lemas publicitarios fueran tomados como chistes, terminaba sumido, al fin, en lo que jamás pudo trascender: el silencio.

* * *

Pero claro que Emilio, frente a un *rib eye* en el Fleming's de San Diego, no quería pensar en las relaciones entre niños y dictadores que Televisa había auspiciado. Su mente no estaba para *Chespiritos,* Glorias ni Stanleys. En cambio, se regodeaba en el nuevo discurso que su televisora dirigía al nuevo siglo en el que ya no existirían ni los fonógrafos ni la televisión:

—Se acabó el miedo, el favoritismo, el terror a comentar algo con la dirección de mi empresa.

Ese octubre de 2005 sintió que, por fin, las cosas se asentaban mientras su subalterno, José Bastón, le preguntaba si era cierto que se iba a vivir a Miami, Florida, con Sharon y su reciente primogénito:

—Me siento profundamente mexicano —le respondió con un bocado de carne uruguaya en la mandíbula. La carne uruguaya es "puro pasto", le había dicho Sharon, "es casi vegetariana"—. Televisa no debería ser juzgada por sus éxitos comerciales, sino por su contribución a la sociedad. Y no hablo de impuestos.

—Televisa —respondió su subalterno— es México.

En esos días se decía que acababan de firmar una "Propuesta de Trabajo" con el gobernador del Estado de México para llevarlo a la presidencia del país. Era un experimento de TV Promo y Radar Servicios, dos filiales de Televisa expertas en publicidad *in situ,* es decir, los productos que aparecen en una serie sin ser anuncios. Esa publicidad la iban a disponer en noticieros, *talk shows,* programas de cocina, como si fueran comentarios muy casuales sobre política. Televisa se iba a enfrascar en hacer un presidente de México. Era lo que faltaba para demostrar el poder. Estaba en su tradición, desde Díaz Ordaz hasta Vicente Fox. Pero "fabricarlo" era otro propósito. Su abuelo, Vidaurreta, y su padre, Milmo —sólo se diferenciaban por el apellido de la madre—, los habían utilizado pero jamás producido. Para Emilio era obvio el paso: si cualquier imagen nos producía indignación, miedo y empatía, ¿por qué Televisa no habría de producir, como una mercancía, a un candidato a la presidencia? ¿Y por qué, cuando su televisora había sido tan cercana a los políticos del Partido en el Estado de México, Tijuana y Veracruz, no podría fabricar a uno, según los estándares heredados de las telenovelas de Valentín Pimstein: guapo, serio, casado con una rubia?

Emilio nunca hesitó en esa idea de la nueva Televisa: si ya no hay poder que use los espacios, ocupémoslos. La política, la vida, la historia, el futuro, eran ahora un simple espectáculo. Todo era televisable, como todo era musicalizable. La imagen y el sonido ya eran un segundo ambiente, después del aire, después de la ecología. El espectro había dominado la segunda capa de la cultura. Lo que vendería ahora Televisa no sería el aire, como decía su abuelo, sino el clima, el ánimo, el ambiente. Lo que siempre habían querido los Azcárraga, desde el principio: gobernar la fe, la suerte y el desenlace. Con radioteatros, con telenovelas, con *realities*. Un envoltorio donde cupieran todas las preferencias, todos los conflictos domésticos —nunca políticos, sociales o morales—, la vida como una construcción. La televisión había abandonado lo ficcional por una producción de la realidad. Y Emilio estaba consciente de ello. Incluso, contento.

Televisa se planteó crear un presidente de México. Era una tarea enorme, sugerida por el amigo de su padre, el ex presidente Carlos Salinas. ¿Cómo crear un personaje elegible? Ésa era toda una tarea para sus mercadólogos, para sus publicistas, para los expertos en tramas "ABCD" de sus telenovelas. Para ello, Emilio III se quedó pensando con un dedo en el labio y designó a Alejandro Quintero como promocionador de los éxitos del gobernador del Estado de México, el candidato de Televisa a la presidencia de México; a Pedro Torres, el productor de telenovelas, como jefe de campañas, y a Alejandra Lagunes, del sitio de internet de Televisa, como jefa de relaciones en la red. Era pensar a largo plazo: faltaban siete años para la elección presidencial.

—Habría que escoger a una actriz para que haga los promocionales.

—Una guapa, una rubia.

—Quién quita y se hace la esposa del gobernador.

—Imagínate: un presidente casado con una de las nuestras —empezaba la trama de la telenovela.

—Creo que ya está casado.

—Bueno, el divorcio existe.

Emilio y sus tres subalternos llegaron, después de comer en el Fleming's, a Sun Harbor Marina. Iban a conocer el yate de Emilio, quien, al igual que su padre, tenía una debilidad por navegar en alta mar. Pero, a diferencia de su padre, que decía: "Yo quiero los yates para que nadie me moleste", Emilio III decía que los quería como un instrumento de trabajo: "Para ir hacia las instalaciones de Televisa en China, a Nueva Zelanda —donde le había propuesto matrimonio a Sharon—, a Nueva York, a California, a Miami, donde está el futuro de Televisa".

—Para estar en este mundo hay que desplazarse rápido. México es un lugar más, de llegada, de salida. Es un lugar como cualquier otro.

Al Sun Harbor no le cabía el nuevo yate, llamado simplemente *TV,* del nuevo Azcárraga: medía 70 metros. Casi del doble que el *ECO,* en el que había muerto su padre. Más grande, siempre más grande, más lujoso. Había costado 180 millones de dólares, equipado con helipuerto, seis suites de lujo, sala de cine, jacuzzi, gimnasio; con una antena satelital propia, *spa* para 16 personas, un salón de masajes y una discoteca. Discreto, pero orgulloso, a Emilio le había satisfecho que al *TV* se le comparara en *New York Times* con el *Eclipse,* del multimillonario de la mafia rusa Roman Abramovich, con el del emir de Dubai o el del sultán de Omán, o con el *Octopus,* el yate de Paul Allen, uno de los fundadores de Microsoft.

Cuando los subalternos subieron al yate abrieron las bocas, subieron las cejas, como en una de las telenovelas de Televisa.

—Es como del doble del *Mayan Queen* —dijo uno de los subalternos, en referencia al yate de Alberto Bailleres, el dueño de las minas mexicanas.

—Es que él sólo es el tercero —contestó Emilio refiriéndose a la lista de los 10 millonarios de México. A Emilio sólo lo superaba Carlos Slim, en ese momento el hombre más rico del mundo, según la lista de la revista *Forbes*.

Después de un paseo sobre cubierta —saludaron al piloto—, entraron al recibidor con las paredes doradas, un tragaluz basado en el de un restorán de hielo en Dubai. Se sentaron y pidieron tragos. Si su padre tenía una máquina robótica que manipulaba la cava y con una mano mecánica te pasaba los vinos, Emilio III tenía un mesero. Por referencias paternas, odiaba el vodka. Él era de vinos de Burdeos, más cercanos a su madre francesa. Los subalternos tomaron lo que él decidió. Petrus. No es que sus subalternos lo merecieran, pero él estaba en una celebración íntima por el nacimiento de su hijo, en una disposición de ánimo festiva, en una de esas raras veces en las que se sentía en una ocasión especial, en la cima del mundo, en la cima de Marte, porque los Azcárraga no eran de este mundo, ya se sabía: eran extraterrestres.

Levantó su copa de vino Petrus y brindó. Una frase de su director de finanzas lo desató:

—Somos México.

Y entonces recordó en flashazos, en rápidas escenas, cómo se había hecho de la empresa de su padre, fundada por su abuelo. Él. "Emilito", "*Tigrito*", "Junior", había ideado una forma de quedarse con el control de Televisa.

En el testamento, su padre sólo le había dejado el 10 por ciento de las acciones. Nunca había convivido con su padre, como el resto de los personajes en las telenovelas de Televisa. Todos éramos Pedro Páramo. Todos éramos ese libro de Octavio Paz. ¿Cómo es que se llamaba? No, Emilio no había leído libros. Sólo de *marketing,* en su paso por una escuela cerca de Ontario, Canadá, Lakefield College, en la que nadie tenía que ver con ser Pedro Páramo y los Altos de Jalisco. Lo que sabía era que al pasar el funeral con las cenizas de su padre, el testamento debía haberse leído más o menos así:

—A mi hijo varón dejo el 10 por ciento de las acciones de Televisa.

No es que no se lo esperara, es que había esperado algo más. Lo supo por el notario, amigo de la familia Azcárraga y de su madre, antes de la apertura del testamento. Fue entonces cuando decidió hacerse de la empresa de su padre mediante las formas que fueran, a como diera lugar, "a hueviori".

Buscaba a su padre en el aire, en el vacío, para retarlo. Mejores yates, mejores matrimonios, mejores negocios. Si su padre había sufrido para acomodarlos, él había padecido para conseguirlos. No le habían dado nada, como aseguraba la prensa. Sólo el 10 por ciento. Un hijo que sólo tiene el 10 por ciento de las acciones de la televisora que fundaron su abuelo y su padre. Ese rencor. Esa injusticia. Y ese reto.

Fue entonces cuando tuvo una idea genial: aprovechar su presidencia en Televisa para llevarla a la bancarrota antes de que se abriera el testamento. En previsión de que se repartiera todo y a él le tocara sólo el 10 por ciento, había que derrumbar el imperio de los Azcárraga, vender partes, y llegar a la apertura de la sucesión testamentaria. De esa forma, a nadie le tocaría gran cosa y él tendría el dinero para comprarla. Si no le alcanzaba con la venta de las partes, tendría que pedirle un préstamo a Carlos Slim, el hombre más rico del mundo —el único que podía prestarle a un Azcárraga—, y vender propiedades de su padre para hacerse del capital para controlar Televisa. Él quería a Televisa como se quiere a un padre, es decir, se le odia y, al mismo tiempo, se anhela su aprobación. Se le anhela porque se le odia. Se le odia porque se le anhela.

Así que, antes de que se supiera el contenido del testamento firmado por su padre el 18 de enero de 1996 ante el notario Juan

Manuel García de Quevedo y Cortina, estaba seguro de que le había dejado muy poco; lo que, en el caso de los millonarios, es muchísimo. En dinero, pero no en poder. Su padre había nombrado a seis herederos: sus cuatro hijos y sus últimas dos ex mujeres. Una reunión con el hombre más rico del mundo, Carlos Slim, lo decidió todo, que es al mismo tiempo nada, porque era un crédito de su banco. Luego, tuvo que reunirse con las ex mujeres de su padre. A una de ellas, a Paula Cussi, le dijo en una confesión que no era propia del personaje que quería caracterizar:

—Gracias a ti no conocí a mi padre.

Unos años después, el 25 de abril de 2011, esa ex esposa, Paula Cussi, acabaría en la cárcel unos días por reclamar sobre las propiedades que Emilio había ocultado antes de la apertura del testamento de su padre. Televisa fue tan implacable con ella como lo había sido Emilio Azcárraga Jean en aquella reunión:

—Con nosotros no te metas, porque vas a perder —le dijo el abogado de la televisora.

Y, en efecto, perdió: tras su detención en las escalinatas de la propia Procuraduría del Distrito Federal, acabó en la prisión de Santa Martha Acatitla y tuvo que firmar un "acuerdo de confidencialidad". Nunca se supo en qué consistió ese documento ni por qué Paula Cussi, la que no le permitió a Emilio tener un padre, terminó fuera del país, exiliada por el poder absoluto del heredero autoimpuesto del consorcio televisivo.

Ahí está todo. Lo demás es reducir a Televisa al mínimo: aumentar la deuda de su padre de 242 millones a 519 con Inbursa, de Carlos Slim. Lo demás es trasladar fondos a Liberia, con el nombre de Romeo, S. A., y ya no con el de Televisa. Lo de menos es vender las acciones de Panamsat y Univisión, como si no fueran partes del testamento de su padre, y pedir un préstamo para comprar las acciones de su primo, Fernando Diez Barroso —el problema eterno de su padre y el avión desplomado—, las de las ex mujeres de su padre, las de los Alemán, el porcentaje de los Burillo.

Antes de que se abra el testamento.

Emilio no es lento: antes le da aviso a la Security Exchange Commision, que regula el mercado bursátil de Estados Unidos:

—Controlo el 50.3 por ciento de Televisa.

Es hijo del *Tigre*. Le creen, por supuesto. Y se cumple, una vez más, con el destino de todos los Azcárraga: hacerse del negocio que no les han heredado.

* * *

Se ha quedado solo, como es el deseo de todos los poderosos. Parado sobre la cima desde donde puede ver todo lo que es suyo. Porque todo es suyo. No hay medida, no hay exceso. Rebusca en el aire algo que se le va de las manos como se le fue a su abuelo y a su padre. Pero, ahora, es su tiempo de otearlo. Brinda, en su yate, por ello:

—Es cierto. Televisa es México.

No recuerda los despidos. Su llegada a Televisa implica bajas, en la idea de que modernizar es recortar, de que competir es ahorrar. De 106 vicepresidentes, quedan de pie sólo 36. Las nuevas reglas significan que él puede designar directamente a 11 de los 20 miembros del Consejo de Administración; se va Jacobo Zabludovsky, al que ubica —perspicacia pura— como una fuente de descrédito e incredulidad en los noticieros de Televisa. A los trabajadores les dedica un discurso nuevo:

—No más arrogancia, ni favoritismos, ni temor de comunicarse con el director.

Cuatro mil empleados son despedidos en el primer año de su reinado, que ahora tiene un nuevo nombre: liderazgo. Televisa ya no es un proyecto. Es un milagro. En el yate *TV* se lleva una mano a la barbilla. No es el mentón contundente de su padre, ni el rasposo de su abuelo, supone —él no lo conoció gran cosa, murió cuando él cumplía cinco años y su abuelo 80 más. No conoció a nadie. Y ésa es su ventaja y su desventaja. Dirige la empresa de televisión más cara de habla hispana. Eso tiene que contar. Brinda con la copa y echa un vistazo al mástil de su yate, *TV.* Por una asociación libre, su mente va hacia la imagen de un hombre amarrado a la antena de la televisora. Su antena.

* * *

El dirigente de los trabajadores de Televisa, Gonzalo Castellot, fue tres veces diputado federal, como representante de los locutores, miembro del Partido en la XLV Legislatura (1961-1964) y, como parte del sindicalismo eterno de la Confederación de Trabajadores de México, la CTM, en las legislaturas LI (1979-1982) y LIII (1985-1988). En 1955, al fusionarse los canales 2, 5 y 4, Francisco Rubiales (Paco Malgesto) lo convirtió en secretario del interior del sindicato de trabajadores, el SITATYR, Sindicato Industrial de Trabajadores y Artistas de la Televisión y el Radio, que agrupaba a la inmensa mayoría de los locutores, actores y actrices, asistentes técnicos, operadores de audio y video, camarógrafos, editores, maquillistas, apuntadores, programadores, iluminadores, escenógrafos, tramoyistas, secretarias, recepcionistas, choferes, almacenistas, personal médico y de seguridad, y electricistas. Castellot fue el primero en tener a su cargo un noticiero. Fue en 1950, en el Canal 4 de los O'Farrill, cuando salió a cuadro y dijo:

—Vamos a permanecer en el aire, en esta fase inicial de pruebas de nuestro transmisor de cinco kilowatts, por espacio de unos 15 minutos más, por lo que les ofreceremos a ustedes una idea general de lo que habrán de ser los noticieros en la televisión mexicana. Para tal efecto, déjenme abrir *El Novedades* —dijo, exultante, al abrir el diario propiedad de la televisora para la que trabajaba, el Canal 4.

Reflejo de otro tipo de monopolios, públicos y privados, el sindicato avasallado por Castellot controlaba, para 1984, al 90 por ciento de los casi 10 mil trabajadores de la televisión. Desde 1960, la fortuna "aceitada" hizo que ganara, una y otra vez, las sucesiones electorales de su sindicato, con 23 secciones en todo el país, durante casi 25 años. Al mismo tiempo que era diputado del Partido, podía seguir siendo dirigente del sindicato de la televisión, locutor de Televisa en *La hora de los locutores* y en los noticieros de Jacobo Zabludovsky, y funcionario: en 1963 se transforma en el encargado de prensa de la campaña de Gustavo Díaz Ordaz y, un año después, en su secretario de comunicación, ya instalados en la silla presidencial. Fijó un estándar partidista y televisivo: muchos de los sindicalistas de la televisión terminaron siendo diputados, coordinadores de comunicación o jefes de campañas electorales del Partido. No había vergüenza ni negación: Televisa y el Partido eran uno solo.

Él fue el enviado del sindicato para lidiar con el caso de Pedro Ramírez Navarrete, *el Bulbo,* el lunes 9 de enero de 1999, cuando Emilio Azcárraga Jean, el tercero, ya había liquidado al 40 por ciento de los trabajadores argumentando la bancarrota en la que había dejado a la televisora su padre. Pedro Ramírez Navarrete, *el Bulbo,* subió a la antena de Chapultepec 18 y se encadenó. Lo que buscaba está más allá de lo imaginable: tras 30 años de trabajar para Televisa —cambiando los bulbos de las cámaras de televisión—, lo habían despedido sin siquiera mencionar la palabra *indemnización*. Pero en el acto de encadenarse también residía otro reclamo, más íntimo, más sensible: los patrones le habían dicho que "no era leal". El monopolio era, desde los tiempos de Azcárraga Vidaurreta y su silla de castigos, pródigo en usar adjetivos como forma de intimidación. No sólo eran palabras, eran sanciones ejemplares. Así habían manejado a los actores:

—Los artistas son ambiciosos por naturaleza —dijo una vez el patrón de Televicentro, Vidaurreta, el abuelo—. Por eso, la única forma de tratarlos es como sirvientas.

—Cuando las actrices cumplen 40 años —dijo a su vez el patrón de Televisa, Milmo, el padre— hay que cambiarlas por dos de 20.

La actriz no es más que la cantidad de anuncios que su cuerpo logra obtener. Si actúa o no actúa, ésas son mariconadas de intelectuales, como de Salvador Novo.

El nieto, Azcárraga Jean, no tocó el tema. Era el nuevo estilo: controlador, arbitrario, pero jamás grosero. Sutil, amigo de todos, sabiéndose uno de los hombres más ricos de América Latina, ocupando el espacio de ese 10 por ciento que le había dejado su padre hasta hacerlo, por una deuda y un telefonazo, el 50. Nunca su padre había tenido el control de la mayoría accionaria de Televisa. Ése era su logro personal. Del niño que nadie notó; del adolescente que siempre tuvo miedo a ser líder de una jauría; al adulto que peleaba por un lugar, una familia, una empresa. Ahora, muertos todos, su abuelo, su padre, él era el que liquidada la deuda con su tía Laura y los Diez Barroso. Emilio, en su yate, el *TV,* brindaba consigo mismo. Lo que restaba eran batallas menores: contra Carlos Slim por el control de las telecomunicaciones, con las ex esposas de su padre por indemnizaciones de un testamento mal hecho, reflejo del caos de sus emociones y compromisos. Él no era como su padre, *el Tigre,* ofuscado siempre por el capricho. Pero pensó en ese hombre encadenado a la antena de Televisa Chapultepec, la misma que se había caído en el terremoto de 1985. Emilio ni siquiera estaba en el país cuando ocurrió aquella tragedia del terremoto de la ciudad de México, pero sí cuando un empleado se ató a la antena renovada de su televisora. Los empleados le resultaban un estorbo. Una pena que tenía que pagar por ser uno de los hombres más ricos de América Latina.

En medio siglo, el sindicato de Castellot en Televisa sólo tuvo que lidiar con tres conflictos: la huelga de los músicos en 1975 por un aumento salarial que no quiso otorgar, el conflicto entre las asociaciones de actores a finales de 1977, y el caso del encadenado en la antena de Televisa en 1999. Sobre la huelga de 10 días en la que se suspendió la música de los programas de televisión, incluso de los comerciales, no hay mucho que decir: fue encabezada por un líder sindical, Venustiano Reyes, *Venus Rey,* que llevaba para ese entonces 22 años al frente de los músicos. Entre dos tuercas, la del Partido y la de la televisora, acabó por aceptar que los trabajadores de la música merecían el aumento del 20 por ciento sólo si eran "de base", con lo que desinfló el conflicto entre los empleados temporales que jamás tendrían ni abogados ni dirigentes sindicales. Un zafarrancho entre supuestos músicos en una comida de aniversario terminó con su carrera política: los noticieros de Televisa transmitieron los golpes durante semanas. En cuanto a los actores y actrices que buscaban hacer un sindicato distinto a la Asociación Nacional de Actores, ANDA, con Enrique Lizalde a la cabeza, el vicepresidente eterno de Televisa, Miguel Alemán, les respondió en ese año, 1973:

—Hemos buscado que, en vez de más salarios, haya más trabajo. Revisando el caso de los actores, hemos visto que no ha habido mucho aumento, pero sí trabajo, que es lo que vamos a mejorar: en vez de pocas personas que ganen mucho, queremos tener muchas personas que ganen menos.

La nota, publicada en el periódico *El Día* el 7 de junio de 1973, no habla de la purga que Televisa estaba a punto de emprender contra los actores que querían un sindicato independiente de la empresa. Para 1982, en el marco de la campaña "por la moralización de la sociedad" del presidente Miguel de la Madrid Hurtado, Emilio Azcárraga Milmo y el sindicato de actores "expulsa" de sus instalaciones al hijo de María Félix, Enrique Álvarez; a Karina Duprez; a Carlos Piñar; a Sonia Furió, y al mejor actor de esa época, Carlos Ancira. Son acusados de "homosexualidad" y "personalidades conflictivas". Fue, de nuevo, Miguel Alemán desde su silla en Televisa San Ángel el que puso el punto final:

—Televisa puede contratar a los actores y actrices por cada cinco capítulos hasta completar una serie. Si después de los primeros cinco capítulos, la empresa desea cambiar de artistas, el sindicato no puede intervenir ni exigirnos lo contrario, porque se trata de trabajadores eventuales.

Todo ello explica por qué Pedro Ramírez Navarrete, *el Bulbo,* se encadenó a la antena de Televisa, en Chapultepec 18, un lunes 9 de enero de 1999. Sin garantías laborales, luego de 30 años de esfuerzo seguía siendo eventual. No tenía un sindicato que lo defendiera. Hasta ahí, a 75 metros sobre la calle de Río de la Loza, llegó su supuesto líder laboral, Gonzalo Castellot:

—Mano —le dijo agitando su Rolex en la muñeca—, no nos hagas esto. No lo merecemos.

—¿Y a quién le importa lo que yo merezco?

—Tuviste tu trabajo durante tantos años, no sé —murmuró Castellot pidiendo con una mano que le entregaran la información en una tarjeta, en un reporte, pero sus subalternos no se movieron—. Date por bien servido. Un hombre de tu experiencia sabrá encontrarse un acomodo. Esto, de veras, no es necesario.

—No me voy a bajar hasta que no me indemnicen —gritó *el Bulbo*—. Tengo una familia que mantener.

—No hagas esto más difícil, *Bulbo*. De todas formas esto va a terminar en que algunos de tus compañeros, con pinzas, van a cortar las cadenas.

—No lo harán —aseguró, contundente, *el Bulbo*—. Lo que hago es también por ellos. Les beneficia. Sólo falta que alguien se atreva a hacerlo.

—Estás violando la ley. Te podemos acusar de daños en las vías de comunicación.

—¿Y mis derechos? ¿No tengo derechos?

—Ésta es tu casa, *Bulbo*. En una casa nadie tiene derechos.

Tres horas después, un equipo de trabajadores eventuales de Televisa, sin contratos, subió hasta la antena. Cortaron las cadenas del *Bulbo,* lo bajaron y lo entregaron a la policía. Un ministerio público que rondaba las inmediaciones de Televisa lo acusó de "sabotaje". Era un castigo ejemplar para que a ningún empleado se le ocurriera otra vez enfrentarse a los sindicatos de Televisa y, mucho menos, a su patrón. Esa noche, en el noticiero de Jacobo Zabludovsky, que ya estaba de regreso, empezó con el reporte de una nevada en la sierra de Chihuahua.

El líder sindical de Televisa, Castellot, miró las nevadas mientras cenaba.

* * *

Emilio se hartó temprano de sus subalternos y subió a cubierta. Todo ese chacoteo sobre la televisión, las deudas, los planes de expansión. Él mismo había inventado una nueva forma de relacionarse al interior de Televisa: todo mundo era "amigo", nunca "empleado". Pero, a veces, esa máxima le pesaba. Se meció entre las olas del mar rumbo al Pacífico. ¿Para qué todo? De pronto tuvo un rapto de misticismo con la cara al viento, las olas, el cielo. Las nubes. Todo perdía sentido. No había historia, ni niñez, ni adolescencia, ni madurez. Tres generaciones de Emilios. Nada existía. Nada importaba. ¿Qué era el dinero, el poder, la televisión? Nada. Si acaso un solo sentimiento: la indiferencia.

Hacía un tiempo sus subalternos le habían regalado un pedazo de periódico enmarcado —el marco lo hacía "histórico"— en el que se anunciaba la televisión. Estaba fechado un 26 de marzo de 1948. Veinte años antes de que él mismo naciera. Era en el diario *Excélsior* e invitaba a descubrir el nuevo invento de la televisión:

TELEVISIÓN EN MÉXICO

XEW tiene el gusto de presentar todos los días, de las 18 a las 22 horas en el vestíbulo interior del CINE ALAMEDA, el funcionamiento de LA TELEVISIÓN.

Esta interesante exhibición del notable invento está instalada con los primeros aparatos construidos en México por el ingeniero Guillermo González Camarena, jefe de operaciones de XEW. Todas las personas que asistan al ALAMEDA en estos días tendrán la oportunidad de ver sus propias imágenes en la pantalla de la televisión.

Más de 50 mil personas pasaron delante de la cámara de televisión y pudieron ver sus rostros y cuerpos proyectados en las cinco pantallas en el vestíbulo del cine Alameda, en la calle José María Marroquí. Se movían, saludaban, eran otros y, a la vez, ellos mismos: uno mismo televisado. ¿Qué dejamos cuando somos televisados? ¿Somos otros? ¿Somos los mismos actuando que estamos siendo televisados? Nunca sabremos. Los 50 mil mexicanos de 1948 descubrían así que todo tenía otro, que dentro de nosotros había alguien más, un ser televisable, que no se comportaba como el yo de todos los días, que era otro, único, frente a la cámara de televisión. Todo gracias a lo que algún día sería Televisa. El cine Alameda era del terrateniente gringo William Jenkins, dueño de la mayor cadena de salas; las cámaras eran propiedad del abuelo, Emilio Azcárraga Vidaurreta, patrón de la radio en XEW, y el permiso para exhibir provenía del presidente Miguel Alemán. Arriba de la cámara había un letrero:

ÉSTE QUE VES ES MÉXICO

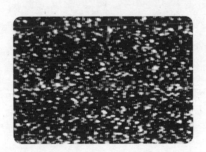

A Emilio ese regalo, ese anuncio enmarcado del inicio de la televisión en México, lo dejó, simplemente, impasible. El problema de ser un Azcárraga era ése. Era como ser Dios, pensó Emilio en su yate *TV,* esperando que un helicóptero depositara ahí a su esposa y a su hijo, el heredero, el sucesor. Estaba harto de todo, de sus empleados, de su apellido, de que se esperara algo más de él; además de sus deudas, su papel en la sociedad mexicana, sus ideas de una televisión para la realidad.

Dios, se dijo, no habla. Dios rara vez se manifiesta. Dios es ser otra cosa. En la cubierta de su yate *TV*, lo pensó y no le provocó mayor reacción. Si acaso, frunció la nariz; pero nadie nunca lo vio. Y es que la idea que había tenido es que él mismo era Dios, algo que se manifiesta sólo a través de la indiferencia.

Y zarpó en espera de una señal de vida en la Tierra.

Epílogo

El abuelo Emilio tenía una historia que contaba sobre la Revolución mexicana. Ya de viejo, era capaz de repetirla en una misma sobremesa antes de irse a la siesta. Nadie sabe muy bien si era 1911 o 1912, en una hacienda que a veces estaba en Coahuila, otras en Chihuahua. Lo que siempre coincidía en sus versiones era que había sido en compañía de un gringo, un tal Copland, que "podría decirles si no es verdad, tan sólo si estuviera vivo". De niños, los dos Emilios, su hijo y su nieto, la escucharon. Se imaginaban a dos gringos entrando a una hacienda mexicana durante la Revolución: los caballos sueltos, las gallinas dentro de la casa, las cortinas rotas al viento a través de los cristales rotos. Emilio y Copland entran a la sala con sillones Luis XV arañados por los gatos, con lagartijas que circulan por los pisos, una serpiente en la tina del baño. Los espejos enmohecidos en los bordes.

—Íbamos a llevarle unos zapatos de Boston a don Eulalio. Pero ya supondrán que no estaba.

Con los peones enlistados en los ejércitos revolucionarios y los dueños de las haciendas huidos a Estados Unidos, Estados Huidos, Copland y el abuelo Azcárraga van de cuarto en cuarto dando voces:

—Don Eulalio.

—Don Eulalio.

Pero no hay nada más que animales de rancho: una vaca muge desde la cocina, las gallinas rebuscan en las alacenas abiertas y vacías, un cerdo se despierta sólo para verlos y volverse a dormir.

191

Así que Copland y él empiezan a abrir los cajones en busca de joyas, de oro y de plata. Van metiendo en sus cajas de zapatos lo que encuentran, lo que han olvidado los dueños de la hacienda, lo que han dejado atrás, escapando a toda velocidad de sus propios peones, de sus sirvientas, de sus cocineras. En la explicación, 60 años después, el abuelo Azcárraga siempre dice:

—Si no nos los llevábamos nosotros, se los llevaban los alzados.

En determinado momento, después de que miran los retratos de las hijas y se preguntan si ellos hubieran podido cortejarlas, Emilio encuentra un fonógrafo. Es un objeto extraño, con una trompeta y un disco.

—Es el "aparato de voces" —lo ilustra Copland, de Boston.

—Sí, los he visto —se irrita Azcárraga, que es de entre Tampico y Texas.

El fonógrafo tiene un disco todavía puesto. Él le da la vuelta a la manivela y coloca la aguja. Como del reino de los fantasmas llega una voz —la de María Callas— que inunda la casa. Los dos se asustan.

—Es como si esa voz viniera de los muertos —dice Copland llevándose una mano al sombrero de gambusino.

—No —le responde Azcárraga—, es como si esa voz viniera del interior de nosotros mismos.

Y, ambos, se lo robaron.

AGRADECIMIENTOS

A Carmen Aristegui por sus tips; a Jenaro Villamil por los libros y su visión de conjunto; a Paco Ignacio Taibo II por sus anécdotas y consejos; a Héctor Tajonar por su elegancia; a Rogelio Flores por su dedicación para investigar, y a todos en la revista *Proceso,* que han mantenido una puntual vigilancia de los dichos y los hechos de la televisión mexicana; a Pascal Beltrán del Río por el acceso a los microfilmes del diario *Excélsior;* a Diego Enrique Osorno por sus documentos secretos; a Andrés Ramírez por su gran ojo de editor.

FUENTES

REFERENCIAS BIBLIOGRÁFICAS

Sobre la familia Azcárraga sigue siendo indispensable el trabajo de Claudia Fernández y Andrés Paxman, *El Tigre. Emilio Azcárraga y su imperio Televisa* (Grijalbo, 2000), en donde se relatan los hechos referentes al desplome del avión en el que viajaba Fernando Diez Barroso, y en la crónica en el diario *Excélsior* del día 13 de noviembre de 1965, sin firma, se pregunta por la "selectividad" de la muerte de unos y el salvarse de "otros". En *El Tigre...*, se documenta también la compra de *Teleguía;* además, se escarba en el pasado "revolucionario" de Azcárraga Vidaurreta y sus "expropiaciones" en las haciendas del norte de México. El suicidio de una hija del *Tigre,* Paulina, está sustentado en ese mismo relato, así como los amoríos del dueño de Televisa con variadas actrices y debutantes, como Rosita Arenas, Silvia Pinal, Paula Cussi o Adriana Abascal.

Respecto de las supuestas propiedades del ex abad de la Basílica, Guillermo Schulenburg, hay que leer los documentos en el reportaje de tres partes de Judith García, publicado en *El Sol de México* (9 a 11 de marzo de 2010): "Bonanza inmobiliaria inexplicable". Esos mismos registros de la propiedad fueron usados, en su momento, por los noticieros de Televisa para acusar al ex abad.

El "pase de charola" de Carlos Salinas a los empresarios lo ha documentado Jenaro Villamil, así como los usos y abusos fiscales del Teletón. Las referencias a sus reportajes en *Proceso* se encuentran en el siguiente apartado. Por lo pronto, recomiendo dos de sus ensayos, *El sexenio de Televisa* y *Peña Nieto: El gran montaje,* ambos publicados por Grijalbo.

Pero, para equilibrar las versiones periodísticas que aquí se citan, hay también que acudir a *Emilio Azcárraga Vidaurreta. Un empresario ejemplar (1887-1972),* publicado en 2006 por la Fundación que lleva su nombre. Sobre el estilo de Emilio Azcárraga Jean resulta indispensable: Santiago Íñiguez y Bryan O'Loughlin, *La transformación del Grupo Televisa con Emilio Azcárraga Jean* (IE Business School Publishing, 2011). Sobre los préstamos de Carlos Slim a Azcárraga Jean hay que leer a Jenaro Villamil, "Televisa y la era de Azcárraga Jean" (*El Cotidiano,* núm. 172, marzo–abril de 2012, pp. 65-71, Universidad Autónoma Metropolitana, México).

Sobre el ambiente de la farándula televisiva, son notables la autobiografía de Raúl Velasco, *Mi rostro oculto* (Diana, 1989), de donde extraigo la historia de Ivonne, y *Gloria por Gloria Trevi* (Planeta, 2002). Revelan asuntos que no saben que están revelando. Por eso los entrecomillo dentro de la novela. El encuentro de Gloria Trevi con los dueños de las dos televisoras, Televisa y TV Azteca, salió de su puño y letra mientras purgaba una condena en la prisión de Brasil. Lo entrecomillé porque nada que el novelista pudiera imaginar era más verosímil que esa narración. Por otro lado, el tema de Lucía Méndez puede consultarse en *Fuera de la ley. La nota roja en México 1982-1990,* publicado por Cal y Arena.

Sobre las complejas relaciones de las drogas con la farándula televisiva, recomiendo mucho la narración de Judith Chávez, *Gabí,* una estrella del Festival OTI que se apagó pronto pero que tuvo el valor de redactar sus experiencias intoxicadas dentro de la televisora en *Como carne de cañón. La cruda realidad del espectáculo en México* (Blue Unicorn, 2001). Quizás desvela demasiado de la miseria humana en los medios de comunicación (hasta tal punto que no es posible conseguir su texto más que por la vía digital). Sobre los "narcosatánicos" y la televisión, véase *Los mil y un velorios,* de Carlos Monsiváis.

En cambio, los libros de Juan Calderón, *El Gallo canta* (Aguilar, 2005); Rubén Aviña, *Magia y desencanto. La misión de las estrellas: Salma Hayek, Gloria Trevi, Rocío Banquells y Marisol,* así como el de Joaquín Muñoz y Muñoz que contiene el recuento de sus aventuras amorosas y célebres: *Juan Gabriel y yo* (Praxis, 1985), dan al lector una idea del ambiente en el núcleo central de la televisión: el foro y sus encantos externos.

Las relaciones de *Chespirito* con Pinochet e incluso con los narcotraficantes colombianos —que yo no uso en la novela— se documentaron ampliamente en el periódico *El Universal* (11 de marzo de 2012), en el artículo "Cosas que no se sabían de Chespirito". Pero hay que contrastar ésta con la versión oficial de Televisa: *Chespirito. Vida y magia del comediante más popular de América* (TV y Novelas, 2012), y con el capítulo de Gerardo Lammers "El último capítulo del Chavo del Ocho", en su recopilación de crónicas *Historias del más allá en el México de hoy* (Almadía, 2012).

Sobre el llamado "caso Stanley" me parecen indispensables el libro de Jorge Gil, *Mi verdad,* y los dos videos en YouTube: "El último programa de Paco Stanley", "Gallinazo y la coca", así como el especial de TV Azteca conducido por Atala Sarmiento, disponible también en internet.

Sobre las relaciones entre el general Arturo *el Negro* Durazo y las televisoras, véanse el indispensable testimonio de uno de sus guardaespaldas, José González González: *Lo negro del Negro Durazo* (Posada, 1984); su segunda parte: *Lo que no dije del Negro* (Solares Editores, 1984), y las tres versiones de la muerte de la madre de Luis Miguel publicadas por LaOreja.tv y ConTodo.tv en internet. El lector que soy se estremece con la crudeza de la impunidad en México.

Merecen especial mención el líder sindical inamovible de la televisión, Gonzalo Castellot, y su *La televisión en México 1950-2000*

(Edamex, 1999), así como las entrevistas de su hija Laura en *Historias de la televisión en México narradas por sus protagonistas* (Alpe, 1993). Gabino Carrandi Ortiz, *Testimonios de la televisión mexicana* (Diana, 1986), es un buen complemento.

De consulta, hay varios textos. Por supuesto, el libro coordinado en 1985 por Raúl Trejo Delarbre, *Televisa, El quinto poder,* en la desaparecida Claves Latinoamericanas. Para todo lo que tenga que ver con telenovelas, los textos de Álvaro Cueva en *Telenovelas de México* (Ediciones Álvaro Cueva, 2005). La tesis de Juan Aurelio Fernández Meza, de la carrera de historia en la Universidad Nacional: *Fallas de origen. Historia del desencuentro entre la sociedad y la televisión mexicanas* (UNAM, 2010). Y, para no perder la perspectiva, dos textos fundamentales: uno de Vicente Leñero, *Estudio Q* (Joaquín Mortiz, 1965), y otro de Serge Gruzinsky, "De la Ilustración a Televisa", dentro de *La guerra de las imágenes* (Fondo de Cultura Económica, 1990).

Y, por supuesto, esta novela debe mucho a todos los que han platicado conmigo fuera de la grabadora y sin cuyas perspectivas este libro no sería posible.

Finalmente, sobre la propuesta de trabajo con el gobernador del Estado de México para llevarlo a la presidencia del país, véase *El sexenio de Televisa,* de Jenaro Villamil (Grijalbo, 2012).

LOS REPORTAJES

El semanario *Proceso* es la única publicación que le ha dado seguimiento a la información sobre la televisión mexicana. En este apartado se enumeran, en orden cronológico, los artículos que sirven de sustento a esta novela, todos aparecidos en dicho semanario.

Carlos Marín, "Televisa pregunta, señor presidente", 12 de diciembre de 1977.

Carlos Marín, "Ninguneo a TV y radio estatales. La imagen presidencial, en manos de Televisa", 22 de mayo de 1978.

Francisco Ortíz Pinchetti y Francisco Ponce, "El encuentro de Televisa. Sólo asuntos de interés para el negocio", 30 de julio de 1979.

Roberto Hernández, "Televisa y la libertad de desinformar", 17 de diciembre de 1979.

Rafael Rodríguez Castañeda, "Televisa, el instrumento y el beneficiario. El país costea los gastos para que lo manipulen", 19 de mayo de 1980.

Redacción, "El presidente Echeverría propició la integracion de Televisa: Miguel Sabido", 26 de mayo de 1980.

María Esther Ibarra y Fernando Ortega Pizarro, "El sueño de Televisa: ser copia de la television estadounidense", 16 de junio de 1980.

Pedro Alisedo, "Televisa: desde libros hasta cerdos, pasando por el cine. El gran negocio de la comunicación, arma al servicio de cuatro familias", 30 de junio de 1980.

Pedro Alisedo, "La Revolución se asocia con sus adversarios. El gobierno pone en manos de Televisa a 15 millones de personas más", 13 de octubre de 1980.

Merle Linda Wolin, "Juicio en Estados Unidos contra el imperio Azcárraga. Televisa intenta controlar ilegalmente toda la TV en español", 5 de enero de 1981.

Ignacio Ramírez, "José Ramón Fernández da nombres. Televisa presiona y, con López Dóriga como enclave, gana terreno en el 13", 10 de agosto de 1981.

Gerardo Galarza, "En una comida privada, que hizo pública, Televisa presentó sus logros a JLP", 25 de enero de 1982.

Carlos Marín, "Programa de variedades con el candidato como estrella. Televisa se autodesigna gestor popular 'confiable' ante Miguel de la Madrid", 5 de abril de 1982.

Manuel Robles, "Con un satélite se estrecha más la sociedad Televisa-Gobierno", 12 de julio de 1982.

José Reveles, "La hermandad del Estado y Televisa se estrecha. México abre su espacio a los satélites, sin cuidar su soberanía", 26 de julio de 1982.

María Esther Ibarra, "Televisa se proclama defensora de las libertades, pero no de usarlas", 18 de octubre de 1982.

Fernando Ortega Pizarro, "Televisa se erige en censor de la UNAM y las autoridades de ésta callan", 1° de noviembre de 1982.

Fátima Fernández, "Televisa, nueva pieza del sistema politico mexicano", 2 de julio de 1984.

Ignacio Ramírez, "Sexenio a sexenio le arranca poder al gobierno. Además de las empresas oficiales, Televisa va tras las centrales obreras", 2 de julio de 1984.

Rafael Rodríguez Castañeda, "Estaciones clandestinas, acuerdos violados, todo se le arregla. La Secretaría de Comunicaciones al servicio de Televisa", 27 de agosto de 1984.

María Esther Ibarra, "Televisa le impone criterios y malos tratos a la UNAM y el rector lo acepta", 10 de septiembre de 1984.

Ignacio Ramírez, "Rompe un juez la cadena de Azcárraga en Estados Unidos al cancelarle doce concesiones", 13 de enero de 1986.

Redacción, " 'Esta empresa es del PRI', dijo a los de Televisa. Caballada fuerte, la de Veracruz; y Miguel Alemán en el arrancadero", 17 de febrero de 1986.

Redacción, "Con Alemán Velasco, Televisa arrecia campaña en pos de una gubernatura", 10 de marzo de 1986.

Elías Chávez, "La permanente tuvo que admitir una demanda de investigar sobre Televisa", 19 de mayo de 1986.

Carlos Marín, "En Televisa, la mano suave de Alemán; su ideario: 'esta empresa es priista'", 18 de agosto de 1986.

Carlos Marín, " 'Nosotros tenemos un jefe, que es el presidente.' Alemán reconoce que en información Televisa se autocensura", 15 de septiembre de 1986.

Enrique Maza, "Repudio de reporteros y de televidentes de Estados Unidos, a Zabludovsky", 22 de septiembre de 1986.

Carlos Marín, "En Estados Unidos no quieren otro '24 horas'. A Zabludovsky no se le cree por considerarlo vocero del gobierno", 27 de octubre de 1986.

Manuel Robles, "Paciente, respetuoso, mentiroso, elegante, Zabludovsky perdió credibilidad, dicen ex colaboradores", 27 de octubre de 1986.

Carlos Marín, "Cesan al director del noticiero que impugnó a Zabludovsky; se van 23", 3 de noviembre de 1986.

Florence Toussaint, "Vuelve Zabludovsky", 24 de noviembre de 1986.

Gerardo Galarza, "Comparecencia de Alemán: Televisa no alienta el consumismo ni busca el poder", 22 de diciembre de 1986.

Carlos Marín, " '24 horas' murió por su cerrazón y autocensura. Televisa, en busca de que se le crea", 5 de enero de 1987.

Óscar Hinojosa, "Despues de 16 años en '24 horas', viene 'Nuestro Mundo' con similar fondo", 5 de enero de 1987.

Carlos Marín, "El Rolls Royce de Zabludovsky, punto de partida. Con ceses, Televisa engendró la caída de sus poderes en Estados Unidos", 19 de enero de 1987.

Carlos Marín, "Vino Azcárraga; tras del fracaso internacional, vuelve Zabludovsky", 2 de marzo de 1987.

Francisco Ortiz Pinchetti, "En carta a Alemán, impugna Luis H. Álvarez la vuelta de Zabludovsky y '24 horas' ", 23 de marzo de 1987.

Carlos Marín, "Porque 'convenía al sistema' y Alemán lo llamó, Zabludovsky está de vuelta", 30 de marzo de 1987.

Carlos Marín, "El guionista de Ruiz Healy revela cómo se fraguó 'la porquería'. La calumnia a los candidatos de oposición fue para Azcárraga un 'gran, gran reportaje' ", 15 de agosto de 1988.

Rodrigo Vera y Miguel Cabildo, "Una orden presidencial impidió a Televisa transmitir la beatificación de Pro", 3 de octubre de 1988.

Carlos Marín, "Ochoa dio a pensar que pudo haber un negocio sucio". "Con Azcárraga, 'pequeños y grandes conflictos, pero no me voy por eso': Alemán", 23 de enero de 1989.

Carlos Puig, "Según Azcárraga, Ochoa cometió un grave error: pasar sobre la autoridad de Zabludovsky", 23 de enero de 1989.

Carlos Puig, "El dulce encanto de los multimillones. Un diario deportivo y un lujoso club de yates, nuevos negocios de Azcárraga en Estados Unidos", 4 de septiembre de 1989.

Carlos Puig, "Con Azcárraga, por las calles de Nueva York. La gira de Salinas, torneo de halagos", 9 de octubre de 1989.

Héctor Rivera, "Azcárraga asocia a su familia. Televisa no se deshace de sus empresas, sólo redistribuye capitales", 28 de enero de 1991.

Carlos Marín, "Lo que sea, si lo pide el Partido: gobernador, senador, diputado o hasta alcalde. Televisa en el recuerdo; Miguel Alemán, de plano en su ciclo de política", 25 de marzo de 1991.

Carlos Puig, "En Estados Unidos, Azcárraga se está volviendo perdedor", 17 de junio de 1991.

Carlos Puig, "Temor de que lleve a Estados Unidos las prácticas de Televisa. Piden al Departamento de Justicia que no autorice la venta de Univisión a Azcárraga", 10 de agosto de 1992.

Héctor Rivera, "Fernanda Villeli y Carlos Olmos explican y justifican el género. Las telenovelas: una misma historia de amor que la gente no se cansa de ver", 28 de septiembre de 1992.

Héctor Rivera, "Televisión Azteca, estrategia para privatizar el 13. Confirma Azcárraga que obtuvo 62 canales, pero la SCT no sabe nada", 15 de febrero de 1993.

Salvador Corro, "Azcárraga a pantalla: dice que como rico también llora, y se erige paladín de 'los jodidos'", 15 de febrero de 1993.

Gerardo Albarrán de Alba, "Televisa, explícitamente del PRI y para el PRI, intocada por Gobernación. Zabludovsky pone a '24 Horas' al servicio de la 'promoción acelerada' de la imagen de Zedillo", 4 de julio de 1994.

Gerardo Albarrán de Alba, "Si Televisa dedica 'más tiempo a mi campaña es porque genero propuestas claras', dice Zedillo", 4 de julio de 1994.

Gerardo Albarrán de Alba, "Azcárraga visitó a Carpizo y, dos días después, Televisa anunció la apertura de sus pantallas hacia los candidatos presidenciales", 11 de julio de 1994.

Redacción, "Federación Mexicana de Futbol: la eterna lucha por el poder y el dinero", 3 de agosto de 2009.

Jenaro Villamil, "El negocio de los Centros Teletón", 2 de diciembre de 2009.

Jenaro Villamil, "El Teletón político de Televisa", 30 de mayo de 2010.

Jenaro Villamil, "Crónica de una detención", 26 de abril de 2011.

Jenaro Villamil, "Paula Cussi: El estilo Televisa de extorsionar", 1º de mayo de 2011.

Jenaro Villamil, "Se llama TV y es el juguete del magnate Azcárraga Jean", 2 de junio de 2012.

Nación TV, de Fabrizio Mejía Madrid
se terminó de imprimir en julio 2013 en
Drokerz Impresiones de México, S.A. de C.V.
Venado Nº 104, Col. Los Olivos, C.P. 13210,
México, D. F.